到山中去

张晓风／著
徐学／选编

长江出版传媒 | 长江文艺出版社

张晓风／

作品／

到山中去

CONTENTS

辑三 交会

张晓风 /
作品 /

到山中去

序言

徐学

行者晓风

一

作为教授，晓风站在讲坛上、教室里；作为母亲和妻子，晓风奔走于厨房和市场；作为写作人，晓风在文字中飞扬，徜徉于历史，出入唐宋，游走魏晋。但是，还有许多个晓风，比如这里我们可以看到的：行者晓风。

行者，你会想到孙悟空，晓风亦有机灵、忠诚、多才乃至霸气的大圣风采，但我这里说的行者只是行路之人。

“路歧歧路两悠悠，不到天涯未曾休”，晓风喜欢“路”字，一半是“足”，脚踩下去的地方；一半是“各”，“各人有各人的去向”。那就是“有所往，有所返，有所离，有所聚，有所予，有所求——在路上。”大清早出门，就仿佛总有许多故事，许多跃跃然的传奇情节在大路上等着。

晓风也喜欢“道”字，她说：“整个中国哲学所讨论的问题是

'道'，'道'是真理也是道路，圣贤都习惯站在大路上说话，耶稣如此，苏格拉底如此；孔子常常身在街路上，若是身在庙堂，中国就少了一位'圣贤先师'；释迦牟尼如果不在路边看到出殡，哪里会懂得生老病死？"

晓风说，做教授是不得已，真正羡慕的还是当个行者，犹如一个乱世里的吟唱人，每日里餐风饮露，冲州撞府，用一手好三弦、一副好嗓子，唱出五千年的忠孝节义，悲欢离合……

晓风并非是仅仅满足于"纸上谈游"。行者的根苗来源于她童年的漂泊，自降生起，她就游历了大半个中国，浙江到巴蜀，然后是南京、柳州、广州，最后来到台北；从青春时起，她就喜欢观山亲水、赏花阅人，至今不变。近三五年，我就陪她去了苏南、粤东、闽北、鄂西多地，虽然腿脚不便，有时需要拄杖而行，但她总要仔细地看，好奇地问，坐在车上还掏出笔记本疾笔快书……我以为此次同游一定很快就要见诸报章了，其实不然，她并非每到一地就有长篇游记产生，虽然稿债累累，她依然惜墨如金，只写心底最温柔处刹那的震撼，或者就让所见所思所忆所悟在心胸沉淀发酵，用半生的时间去酝酿，等待一刻的倾注，以它的清冽，它的香醇……

二

所以我们就有了这本精致的游记，它的时间跨度从1963年到2015年，空间跨度则遍及全球，依行者游踪把它分为三辑：称为"山中""愁乡石""交会"。

辑一“山中”，既是游记，也有作家成长的心路自剖，以及台澎金马的人文风情，种种可爱。她是一个资深的市民，知道爱国西路有逸气，迪化街那一带最好骑脚踏车慢慢逛，而“中山南路嫌板，仁爱路嫌硬，敦化南路嫌洋”，民生西路的光饼很耐嚼。

辑二“愁乡石”，写了晓风心中的乡愁——是马山对岸的角屿，是明井头看过去的何厝，也是多柳的长安和多荷的金陵。后来，她有机会再次走遍大半个中国，她把她灵魂深处千万年的记忆，对深山大泽，对朝烟夕岚，对六桥烟水，对长城丝路，都一一掇拾回来。

辑三“交会”，是到邻居家串门子，当然不是“人人都觉得邻居比自己好”的那种心情，而是经常地在别人的生活中想起了自己的家园、自己的族人、自己曾经读过的书、向往过的人，总之，是在异地发现了自己生命的丰富多样，生生不息。

三

晓风的游记让我们随之走过千山万水，四海五洲，在沉着而不失温情的笔触里，我们不只是观山亲水赏花，更是在山水之中发现万物有情，如同一个欢欢喜喜的孩子，走在欢欢喜喜的阳光里，觉得眼前一切，全部与自己有亲有故。

晓风游记扩大了游记的表现力，她写小说美食，写诗人轶事或片段的哲思或沉重的悲情，她打破了读者预期，读者总以为阅读游记只是一种愉悦的遨游，浅淡的语言、浅淡的思绪。而行者晓风告诉我们，甲骨文中就有“行”字，它写成，酷似十字架，可十字架是有封口的，而“行”却有四个方向，可南可北可东可西。到了说文解字，“行”成了“彳”和“亍”的结合，是亦行亦止。只有“行”，才能走遍无限江山；只有“止”，才能凝神观照，勃然动容，体贴了解，才有琐细入微和娓娓道来。这就是行者晓风的心得，人生一世，在晓风看来，就是一部旅游记录。天地一逆旅，时间一过客，人类不过一介小童，拉着时间妈妈的裙角，在千岩竞秀中目不暇接，不知不觉就走完了自己的一生！

2017年6月于厦门大学

辑一 · 山中

到山中去

德：

从山里回来已经两天了，但不知怎的，总觉得满身仍有拂不掉的山之气息。行坐之间，恍惚以为自己就是山上的一块石头，溪边的一棵树。见到人，再也想不起什么客套辞令，只是痴痴傻傻地重复着一句话：“你到山里头去过吗？”

那天你不能去，真是很可惜的。你那么忙，我向来不敢用不急之务打扰你。但这次我忍不住要写信给你。德，人不到山里去，不到水里去，那真是活得冤枉了。

说起来也够惭愧了。在外双溪住了五年多，从来就不知道内双溪是什么样子。春天里每沿着公路走个半小时，看到山径曲折，野花漫开，就自以为到了内双溪。直到前些天，有朋友到那边漫游归来，我才知道原来山的那边还有山。

平常因为学校在山脚下，宿舍在山腰上，推开窗子，满眼都是起伏的青峦，衬着窗框，俨然就是一卷横幅山水，所以逢到朋友们邀我出游，我总是推辞。有时还爱和人抬杠道：“何必呢？余胸中自有丘壑。”而这次，我是太累了、太倦了，也太厌了，一种说不出的情绪鼓动着我，告诉我在山那边有一种神秘的力量，我于是换了一身绿色轻装，趿上一双绿色软鞋，掷开终年不离手的红笔，跨上一辆跑车，和朋友们相偕而去。——我一向喜欢绿色，你是知道的，但那天特别喜欢，似乎是觉得那颜色让我更接近自然，更融入自然。

德，人间有许多真理，实在是讲不清的。譬如说吧，山山都有石头、都有树木、都有溪流。但，它们是不同的，就像我们人和人不同一样。这些年来，在山这边住了这么久，每天看朝云、看晚霞、看晴阴变化，自以为很了解山了，及至到了山那边，才发现那又是另一种气象，另一种意境。其实，严格地说，常被人践踏观赏的山已经算不得什么山了。如果不幸成为名山，被些无聊的人盖了些亭阁楼台，题了些诗文字画，甚至起了观光旅社，那不但不成其为山，也不能成其为地了。德，你懂我了吗？内双溪一切的优美，全在那一片未凿的天真，让你想到，它现在的形貌和伊甸园时代是完全一样的。我真愿做那样一座山，那样沉郁，那样古朴，那样深邃。德，你愿意吗？

我真希望你看到我，碰见我的人都说我那天快活极了，我怎能不快活呢？我想起前些年，戴唱给我们听的一首英文歌。那歌词说：“我的父亲极其富有，全世界在他权下，我是他的孩子——我掌管平原山野。”德，这真是最快乐的事了——我统管一切的美。德，我真说不出，真说不出。我几乎感觉痛苦了——我无法表达我所感受的。我们照了好些相片，以后我会拿给你看，你就可以明白了。唉，其实照片又何尝照得出所以然来，暗箱里容得下风声水响吗？镜头中摄得出草气花香吗？埃默森说，大自然是一件从来没有被描写过的事物。可是，那又怎能算是人们的过失？用人的思想去匹配上帝的思想，用人工去模拟天工，那岂不是近乎荒谬的吗？

这些日子，应该已是初冬了，那宁静温和的早晨，淡淡的像溶液般四面包围着我们的阳光，只让人想到最柔美的春天，我们的车沿着山路而上，洪水在我们的右方奔腾着，森然的乱石垒叠着。我从来没有见过这样急湍的流水和这样巨大的石块。而芒草又一大片一大片地杂生在小径旁。人行到此，只见渊中的水声澎湃，雪白的浪花绽开在黑色的岩石上。那种苍凉的古意四面袭来，心中便无缘无故地伤乱起来。回头看游伴，他们也都怔住了。我真了解什么叫“摄人心魄”了。

“是不是人类看到这种景致，”我悄声问茅，“就会想到自杀呢？”

“是吧，可是不叫自杀——我也说不出来。有一年，我站在长城上，四野苍茫，心头就不知怎的乱撞起来，那时只有一个想法，就是跳下去。”

我无语痴立，一种无形的悲凉在胸间上下摇晃。漫野芒草凄然地白着，水声低昂而怆绝。而山溪却依然急窜着。啊，逝者如斯，如斯逝者，为什么它不能稍一回顾呢？

扶车再行，两侧全是壁立的山峰，那样秀拔的气象似乎只能在前人的山水画中一见。远远地有人在山上敲着石块，那单调无变化的金石声传来，令我怵然以惊。有人告诉我，他们是要开一段梯田。我望着那些人，他们究竟知不知道外面的世界呢？当我们快被紧张和忙碌扼死的时候，当宽坦的街市上竖立着速度造成的伤亡牌，为什么他们独有那样悠

闲的岁月，用最原始的凿子，在无人的山间，敲打出最迟缓的时钟？他们似乎也望了望这边，那么，究竟是他们羡慕我们，还是我们羡慕他们呢？

峰回路转，坡度更陡了，推车而上，十分吃力，行到水源地，把车子寄放在一家人门前，继续前行。阳光更浓了，山景益发清晰，一切气味也都被蒸发出来。稻香扑人，真有点醺然欲醉的味道。这时候，只恨自己未能着一身宽袍，好兜两袖素馨回去。路旁更有许多叫得出来和叫不出来的野花，也都晒干了一身的露水，抬起头来了。在别人看得见和看不见的山径上挥散着它们的美。

渐渐地，我们更接近终点。我向几个在禾场上游戏的孩子问路，立刻有一个浓眉大眼的男孩挺身而出。我想问他瀑布在什么地方，却又不知道台湾话要怎么表达。那孩子用狡黠的眼光望了望我。“水墙，是吗？我带你去。”啊，德，好美的名词，水墙。我把这名词翻译出来，大家都赞叹了一遍。那孩子在前面走着，我们很困难地跟着他跑，又跟着他步过小河。他停下来，望望我们，一面指着路边的野花蓓蕾对我们说：“还没开，要是开了，你真不知有多漂亮。”我点头承认——我相信，山中一切的美都超过想象。德，你信吗？我又和那孩子谈了几句话，知道他已是小学五年级了。“你毕业后要升初中吗？”他回过头来，把正在嚼着的草根往路旁一扔，大眼中流露出一种不屑的神情：“不！”德，你真不知道，当时我有多羞愧。只自觉以往所看的一切书本、一切笔记、一切讲义，都在他的那声“不”中给否认了。德，我们读书干什么呢？究竟干什么呢？我们多少时候连生活是什么都忘了呢！

我们终于到了“水墙”了。德，那一刹那真是想哭，那种兴奋，是我没有经历过的。人真该到田园中去，因为我们的老祖宗原是从那里被放逐的！啊，德，如果你看到那样宽、那样长、那样壮观的瀑布，你真是什么也不想了，我那天就是那样站着，只觉得要大声唱几句，震撼一下那已经震撼了我的山谷。我想起一首我们都极喜欢的黑人歌：“我的财产放置在一个地方，一个地方，远远地在青天之上。”德，真的，直到那天我才忽然醒悟到，我有那样多的美好的产业，像清风明月，像山松野草。我要把它们寄放在溪谷内，我要把它们珍藏在云层上，我要把它们怀抱在深心中。

德，即使当时你胸中折叠着一千丈的愁烦，及至你站在瀑布面前，也会一泻而尽了。甚至你会觉得惊奇，何以你常常会被一句话骚扰，何以常常因一个眼色而气愤。德，这一切都是多余的，都是不必要的。你会感到压在你肩上的重担卸下去了，蒙在你眼睛上的鳞片也脱落了。那时候，如果还有什么欲望的话，只是想把水面的落叶聚拢来，编成一个小筏子，让自己躺在上面，浮槎放海而去。

那时候，德，你真不知我们变得有多疯狂。我和达赤着足在石块与石块之间跳跃着。偶尔苔滑，跌在水里，把裙边全弄湿了，那真叫淋漓尽兴呢！山风把我们的头发梳成一种脱俗的型式，我们不禁相望大笑。哎，德，那种快乐真是说不出来——如果说得出来也没有人肯信。

瀑布很急，其色如霜。人立在丈外，仍能感觉到细细的水珠不断溅来。我们捡了些树枝，燃起一堆火，就在上头烤起肉来。又接了一锅飞泉来烹茶。在那阴湿的山谷中，我们享受着原始人的乐趣。火光照着我们因兴奋而发红的脸，照着焦黄喷香的烤肉，照着吱吱作响的清茗。

德，那时候，你会觉得连你的心也是热的、亮的、跳跃的。

我们沿着原路回来，山中那样容易黑，我们只得摸索而行了，冷冷的急流在我们足下响着，真有几分惊险呢！我忽然想起“世道艰难，有甚于此者”。自己也不晓得这句话是从书本上看来的，还是平日的感触。唉，德，为什么我们不生作樵夫渔父呢？为什么我们都只能做暂游的武陵人呢？

寻到大路，已是繁星满天了，稀疏的灯光几乎和远星不辨。行囊很轻，吃的已经吃下去了，而带去看的书报也在匆忙中拿去做了火引子。事后想想，也觉好笑，这岂是斯文人做的事？但是，德，这恐怕也是一定的，人总要疯狂一下、荒唐一下、矫时干俗一下，是不是呢？路上，达一直哼着《苏三起解》，茅喊他的秦腔，而我，依然唱着那首黑人名歌：“我的财产放置在一个地方，一个地方，远远地在青天之上……”

找到寄车处，主人留我们喝一杯茶。

“住在这里怎样买菜呢？”我问他们。

“不用买，我们自己种了一畦。”

“肉呢？”

“这附近有几家人，每天由出租车带上一大块也就够了。”

“不常下山玩吧？”

“很少，住在这里，亲戚都疏远了。”

不管怎样，德，我羡慕着那样一种生活，我们人是泥做的，不是吗？我们的脚总不能永远踏在柏油路上、水泥道上和磨石子地上——我们得踏在真真实实的土壤上。

山岚照人，风声如涛。我们只得告辞了。顺路而下，不费一点脚力，车子便滑行起来。所谓列子御风，大概也只是这样一种意境吧！

那天，我真是极困乏而又极有精神，极混沌而又极能深思。你能想象我那夜的晚祷吗？德，从大自然中归来，我说：“容许我的心在每一个角落向你下拜。当我年轻的时候，教我探索你的美。当我年老的时候，教我咀嚼你的美。终我一生，教我常常举目望山，好让我在困厄之中，时时支取到从你而来的力量。”

德，你愿意附和我吗？今天又是个晴天呢！风声在云外呼唤着，远山也在送青了。德，拨开你一桌的数据卡，拭净你尘封的眼镜片，让我们到山中去。

那部车子

朋友跟我抢付车票，在兰屿的公交车上。

“没关系啦，”车掌是江浙口音，一个大男人，“这老师有钱的啦，我知道的。”这种车掌，真是把全“车”了如指“掌”。

车子在环岛公路上跑着——不，正确一点说，应该是跳着——忽然，我看到大路边停着一辆车。

“怎么？怎么那里也有一辆，咦，是‘公路局’的车，你不是说兰屿就这一辆车吗？”

“噢！”朋友说，“那是从前的一辆，从前他们搞来这么一辆报废车，嘿，兰屿这种路哪里容得下它，一天到晚抛锚，到后来算算得不偿失，干脆再花一百多万元买了这辆全新的巴士。”

“这是什么坏习惯——把些无德无能的人全往离岛送，连车，也是把坏的往这里推，还是兰屿的路厉害，它硬是拒绝了这种车。”

“其实，越是离岛越要好东西。”朋友幽幽地说。

车过机场，有一位漂亮的小姐上来。

“今天不开飞机对不对？”车掌一副先见之明的样子。

“今天不开。”

“哼，我早就告诉你了。”忽然地又转过去问另一个乘客：“又来钓鱼啦！”

“又来了！”

真要命，他竟无所不知。

这位司机也是山地人，台湾来的。

他正开着车，忽然猛地急刹车，大家听到一声凄惨的猫叫。

“哎呀，轧死一只猫了！”乘客吓得心抽起来。

大概是开车太无聊了，所以他会想出这种娱人娱己的招数，这样的司机不知该记过还是该记功。

“从前更绝，”朋友说，“司机到了站懒得开车门，对乘客说：‘喂，爬窗户进来嘛！’乘客居然也爬了。”

早班的公交车开出来的时候，司机背后一只桶，桶里一袋袋豆腐，每袋二十四元，他居然一路走一路做生意。

每到一站，总有人来买豆腐。

不在站上也有人买，彼此默契好极了。司机一按喇叭，穿着蓝灰军衣的“海防部队”就有人跑出来，一手交钱，一手交货。

除了卖豆腐，他也卖槟榔。

“槟榔也是很重要的！”他一本正经地说，仿佛在从事一件了不起的救人事业。

豆腐是一位湖北老乡做的，他每天做二十斤豆腐。

“也是拜师傅学的，”他说，“只是想赚个烟酒钱。”

他自称是做“阿兵哥”来的，后来娶了兰屿小姐——跟车掌一样，就落了籍了。现在他在乡公所做事。

“我那儿子，”他眉飞色舞起来，“比我高呢，一米八几，你没看过，他们球队里打篮球打得最好的就是他呀！”

车子忽然停了下来，并且慢慢往后倒退。

“干什么？”

“他看海边那里有人要搭车。”朋友说。

海边？海边只有礁石，哪里有人？为什么他偏看得到？

那人一会儿工夫就跑上来了，手里还抱着海里摘上来的小树，听说叫海梅，可以剥了皮当枯枝摆设。

那人一共砍了五棵，分两次抱上车。

“等下补票，”他弄好了海梅理直气壮地说，“钱放在家里。”

车掌没有反对，说得也是，下海的人身上怎么方便带钱？后来他倒真的回家补了钱。

“喂，喂！”我的朋友看到了他的兰屿朋友，站在路边。他示意司机慢点开，因为他有话要说。

“你有没有继续看病？”他把头伸出窗外，他是个爱管闲事的人。

“有啦……”那人嗫嗫嚅嚅地说。

“医生怎么说？”他死盯着不放。

“医生说……病有比较好啦。”

“不可以忘记看医生，要一直去。”他唠唠叨叨地叮咛了一番。

“好……”

车子始终慢慢开，等他们说完话。

“这些女人怎么不用买车票？”

“她们是搭便车的。”

“为什么她们可以搭便车？”

“因为她们是要到田里去种芋头的。”

我不知道这能不能算一个免票的理由，但是看到那些女人高高兴兴地下了车，我也高兴起来，看她们在晨曦里走入青色的芋田，只觉得全世界谁都该让她们搭便车的。

给我一点水

> 假如，你在乡下，在湖泊分布的高地上，然后，不管你随兴走哪一条路，十次有九次，你会沿路走下溪谷，走到溪流停驻的潭畔，这件事真有不可思议的魔力。只要那个地区有水，你就算找个沉浸梦境而精神最恍惚的人，叫他站着，开步走，他就会把你一路带到水边，一点也错不了……玄思冥想一向和水结了不解缘，这是人人都知道的。

上面那段话是麦尔维尔说的，随着这段话，他写下一部以水域为背景的小说——《白鲸记》。

算时间是百把年前了。

那个时代的人是幸运的，因为还知道什么叫作“干净的水”。水仍然可以很无愧地作为凡人的梦境。

如果，我有幸碰到好心的神仙，如果神仙容我许一个愿，我大约会悲喜交集，失声叫道：

"不，什么都不要给我，我什么都不缺，我只求你把我失去的还给我，哦，不，我失去的太多，我不敢求，我只求你发还给我一件东西，还给我一片干净水，给我鲜澄的湖，给我透明的溪涧，给我清澈的灌溉渠，给我浩渺无尘的汪洋！"

水，永远是第一张诗笺。

> 关关雎鸠，在河之洲……

不学诗，无以言，不观水，无以诗。三百则"温柔敦厚"原是始于一带河洲啊！

> 江南可采莲，莲叶何田田。

六朝乐府的恣肆古艳，其实是来自南国的潋滟泽光呢！

小时候，住在抚顺街，家的四围是农田，田中间有一个小小的水洼，老老实实的一个水洼，既没有垂杨倒影，也没有岸芷汀兰，却刚刚好可以容得下一个小女孩的梦境。我有时用畚箕捞几尾小鱼、几叶水草，放在玻璃瓶里，那种欢悦，不是买热带鱼的人所可以想象的。

其实，那个小水洼并不是我生命里第一度的"水的初恋"。最初恋水，是在玄武湖，湖上有荷，荷上有风，风上有南京城的千载古意。而小小的我只一径剥着玉色的莲子，只惊奇地看雪藕之间竟有死不肯断的丝连，只贪看艳色的樱桃，热热闹闹地被包在绿荷叶里。

go
到山中去

玄武湖不久就忘了，却一直记得那个小水洼，另外记得的是一片荷田，在双联火车道边。有一次妈妈要我去摘一片荷叶回家做粉蒸肉，我不知死活地踩下水去，觉得自己在烂泥里无法自拔，一路陷下去，忽然，也不知怎么样地又爬出来了。奇怪的是，以后对那片田也竟不畏惧了。

还有一片水，是圳水，在记忆里也悠长如琴弦。那时我在中山小学读书，学校升学率很高，又逢严师，日子过得也就可想而知了。但童年却如贫姝，自有其天然的颜色。学校后面是圳水，是新生北路，逃学的探险家说可以一路逃到松山机场，我从来不敢想象那么大胆的逃亡，就连“次等调皮”的同学说堤外可以采到一种通心草，我也不敢出走尝试，倒是有时在溪畔看书，看着看着，书掉到水里，我往下游快跑几步，又把它拦截回来。我现在有书近万卷，但何处才有一条淙淙的玉带供我坠书呢？

搬家屏东以后，圳水竟然可以在家附近绕流，真是好得过分，令人不敢相信。屏东是个可爱的怪城，辣椒季里整条马路都拿来晒辣椒，想来也算是人间最艳丽的交通阻塞了。树上的凤凰花则照例烧得腾烈万分，让人不敢久看。而圳水在夏日的夕照里恬然流去，东坡只会说“好风如水”，如果他看到万顷金黄中的一带波光，他要不要说“好水如风”呢？

屏东另有好水，在三地门，那样的好水只有犷悍的山胞才有资格拥有吧？

南部还有一个地方叫大寮，我认识的一位年长的宣博士到那里去拓荒，二十五年前，那地方没有门牌地址，信封上只需写：大寮，过河，

×××收。

唉，所有好心的神仙啊，此生此世，如果我能住到一个地方，其地址竟可以简简单单到只是“湖畔”“河边”或“涧旁”，即使做梦，也会笑醒啊！

考取大学，第一次到外双溪。惊见山溪如翠，第一个冲动竟是换游泳衣去泡水（因为并不会游水），后来被很有理智的女伴骂了一句“难道你要去公开展览”，才打消念头。

而匆匆然，四分之一世纪流去，而今望着溪水的不再是那常来背书的大一女生，不再是那跟男友来散步的大二女孩，所有的时间也无非是使一个坐在台下的人变成站在台上的人，然而，那溪水却日甚一日地混浊恶臭起来，“沧浪之水清兮，可以濯我缨；沧浪之水浊兮，可以濯我足”，但溪水如果浊到不堪濯足的程度，你又奈何呢？如果拔去我的智慧，抽掉我的历练。磨光我辛苦一场才得到的专业知识，而溪水便能恢复它当初的清纯，我是多么愿意弃圣绝智，重新回复为二十五年前一清见底的呆女孩，和一清见底的溪水素面相觌啊！

从什么时候开始，属于我的水渐渐变得如脓汁如毒药。

到曾文水库去，只见垃圾如山。

坐花莲轮沿东岸行，海面上一直漂着塑胶袋和可乐瓶罐，我是脆弱的，这种伤心欲绝的经验，我不想多有，我不再去旅行了。

每年假日，或身在印第安纳的“哇——哇——湖”（从印第安语发音），看千顷阳光。或在克什米尔的达尔湖数游鱼荇藻，或泛舟于巴黎塞纳河，或俯视伦敦观尽盛衰的泰晤士河，甚至流连于照过莎翁文采风流的爱文河，心里总有恻恻愁情。能观天下之水，是造物对我的厚爱，但为什么我不能重新拥有基隆河或淡水河呢？

沙漠的旅人需要一皮囊的水润喉，我需要的更多，我需要一片水，可以为镜鉴来摄我之容，可以为渊薮来酝酿诗篇，可以为歌行来传之子孙，而且像黄河、像洙泗，让我桀骜无依的心有所归依，有所臣服。

那样的水在哪里呢？

常常，我想起那座山

一方纸镇

常常，我想起那座山。

它沉沉稳稳地驻在那块土地上，像一方纸镇，美丽凝重，并且深情地压住这张纸，使我们可以在这张纸上写属于我们的历史。

有时是在市声沸天、市尘弥地的台北街头，有时是在拥挤而又落寞的公共汽车站，有时是在异国旅舍中凭窗而望，有时是在扼腕奋臂、抚胸欲狂的大痛之际，我总会想起那座山。

或者在眼中，或者在胸中，是中国人，就从心里想要一座山。

孔子需要一座泰山，让他发现天下之小。

李白需要一座敬亭山，让他在云飞鸟尽之际有“相看两不厌”的对象。

辛稼轩需要一座妩媚的青山，让他感到自己跟山相像的“情与貌”。

是中国人，就有权利向上帝要一座山。

我要的那一座山叫拉拉山。

山跟山都拉起手来了

“拉拉是泰雅尔话吗？”我问胡，那个泰雅尔司机。

“是的。”

“我也不知道，”他抓了一阵头，忽然又高兴地说，“哦，大概是因为这里也是山，那里也是山，山跟山都拉起手来了，所以就叫拉拉山啦！”

他怎么会想起来用汉语的字来解释泰雅尔的发音的？但我不得不喜欢这种诗人式的解释，一点也不假，他话刚说完，我抬头一望，只见活鲜鲜的青色一刷刷地刷到人眼里来，山头跟山头正手拉着手，围成一个美丽的圈子。

风景是有性格的

十一月，天气一径地晴着，薄凉，但一径地晴着。天气太好的时候我总是不安，看好风好日这样日复一日地好下去，我有些说不上来的焦急。

我决心要到山里去一趟，一个人。

说得更清楚些，一个人，一个成年的女人，活得很兴头的一个女人，既不逃避什么，也不为了出来“散心”——恐怕反而是出来“收心”，收她散在四方的心。

一个人，带一块面包、几只黄橙，去朝山谒水。

有些风景的存在几乎是专为了吓人，如大峡谷，它让你猝然发觉自已渺如微尘的身世。

有些风景又令人惆怅，如小桥流水（也许还加上一株垂柳，以及模糊的鸡犬声），它让你发觉，本来该走得进去的世界，却不知为什么竟走不进去。

有些风景极安全，它不猛触你，它不骚扰你，像罗马街头的喷泉，它只是风景，它只供你拍照。

但我要的是一处让我怦然心动的风景，像宝玉初见黛玉，不见眉眼，不见肌肤，只神情恍惚地说：

“这个妹妹，我曾见过的。”

他又解释道：“虽没见过，却看着面善，心里倒像是远别重逢的一般。”

我要的是一种似曾相识的山水——不管是在王维的诗里初识的，在柳宗元的《永州八记》里遇到过的，在石涛的水墨画里咀嚼而成了瘾的，或在魂里梦里点点滴滴一石一木蕴积而有了情的。

我要的一种风景是我可以看它也可以被它看的那种。我要一片“此山即我，我即此山；此水如我，我如此水”的熟悉世界。

有没有一种山水是可以与我辗转互相注释的？有没有一种山水是可以与我互相印证的？

包装纸

像歌剧的序曲，车行一路都是山，小规模的，你感到一段隐约的主旋律就要出现了。

忽然，摩托车经过，有人在后座载满了野芋叶子，一张密叠着一张，横的叠了五尺，高约四尺，远看是巍巍然一块大绿玉。想起余光中的诗——

那就折一张阔些的荷叶
包一片月光回去
回去夹在唐诗里
扁扁的，像压过的相思

台湾的荷叶不多，但满山都是阔大的野芋叶，心形，绿得叫人喘不过气来，真是一种奇怪的叶子。曾经，我们的市场上芭蕉叶可以包一方豆腐，野芋叶可以包一片猪肉——那种包装纸真豪华。

一路上居然陆续看见许多载运野芋叶子的摩托车，明天市场上会出现多少美丽的包装纸啊！

肃然

山色愈来愈矜持，秋色愈来愈透明，我开始正襟危坐，如果米颠为一块石头而免冠下拜，那么，我该如何面对叠石万千的山呢？

车子往上升，太阳往下掉，金碧的夕晖在大片山坡上徘徊顾却，不知该留下来依属山，还是追上去殉落日。

和黄昏一起，我到了复兴。

它在那里绿着

溪极绿。

暮色渐渐深了，奇怪的是溪水的绿色顽强地裂开暮色，坚持地维护着自己的色调。

天全黑了，我惊讶地发现那道绿仍旧虎虎有力地在流，在黑暗里我闭了眼睛都能看得见。

或见或不见，我知道它在那里绿着。

赏梅，于梅花未著时

庭中有梅，大约有一百棵。

“花期还有三四十天。”山庄里的人这样告诉我，虽然已是已凉未寒的天气。

梅叶已凋尽，梅花尚未剪裁，我只能伫立细赏梅树清奇磊落的骨骼。

梅骨是极深的土褐色，和岩石同色。更像岩石的是，梅骨上也布满苍苔的斑点，它甚至有岩石的粗糙风霜、岩石的裂痕、岩石的苍老嶙峋。梅的枝枝柯柯交抱成一把，竟是抽成线状的岩石。

不可想象的是，这样寂然不动的岩石里，怎能迸出花来呢？

如何那枯瘠的皴枝中竟锁有那样多莹光四射的花瓣，以及那么多日后绿得透明的小叶子，它们此刻在哪里？为什么独有怀孕的花树如此清癯苍古？那万千花胎怎会藏得如此秘密？

我几乎想剖开枝子掘开地，看看那来日要在月下浮动的暗香在哪里，看看来日可以欺霜傲雪的洁白在哪里。它们必然正在斋戒沐浴，等候神圣的召唤，在某一个北风凄紧的夜里，它们会忽然一起白给天下看。

隔着千里，王维能回首看见故乡绮窗下记忆中的那株寒梅。隔着三四十天的花期，我在枯皴的树臂中预见想象中的璀璨。

于无声处听惊雷，于无色处见繁花，原来并不是不可以的！

神秘经验

四下是彻底的黑，衬得满天星子水清清的。

好久没有领略黑色的美了。想起托尔斯泰笔下的安娜·卡列尼娜，在舞会里，别的女孩以为她要穿紫罗兰色的衣服，但她竟穿了一件墨黑的，项间一圈晶莹剔亮的钻石，风华绝代。

文明把黑夜弄脏了，黑色是一种极娇贵的颜色，比白色更沾不得异物。

黑夜里，繁星下，大树兀然矗立，看起来比白天更高大。

那所老屋，一片瓦叠一片瓦，说不尽的沧桑。

忽然，我感到自己被桂香包围了。

一定有一棵桂树，我看不见，可是，当然，它是在那里的。桂树是一种在白天都不容易看见的树，何况在黑如松烟的夜里。如果一定要找，用鼻子应该也找得到。但，何必呢？找到桂树并不重要，能站在桂花浓馥的古典香味里，听那气息在噫吐什么，才是重要的。

我在庭园里绕了几圈，又毫无错误地回到桂花的疆界里，直到我的整个肺纳甜馥起来。

有如一个信徒和神明之间的神秘经验，那夜的桂花对我而言。也是一场神秘经验。有一种花，你没有看见，却笃信它存在。有一种声音，你没有听见，却自知你了解。

当我去即山

我去即山，搭第一班早车。车只到巴陵（好个令人心惊的地名），要去拉拉山——神木的居所——还要走四个小时。

当我前去即山，当班车像一只无桨无楫的舟一路荡过绿波绿涛。我一方面感到作为一个人一个动物的喜悦，可以去攀绝峰，可以去横渡大漠，可以去莺飞草长或穷山恶水的任何地方，但一方面也惊骇地发现，山，也来即我了。

我去即山，越过的是空间，平的空间，以及直的空间。

但山来即我，越过的是时间，从太初，它缓慢地走来，一场十万年或百万年的约会。

张爱玲谈到爱情。这样说：

> 于千万人之中遇见你所遇见的人，于千万年之中，时间的无涯的荒野里，没有早一步，也没有晚一步，刚巧赶上了，也没有别的话可说，唯有轻轻地问一声：“噢，你也在这里吗？”

人类和山的恋爱也是如此，相遇在无限的时间，交会于无限的空间，一个小小的恋情缔结在那交叉点上，如一个小小鸟巢，偶筑在纵横的枝柯间。

地名

地名、人名、书名和一切文人雅士虽铭刻于金石、事实上却根本不存在的楼斋亭阁，都令我愕然久之。（那些图章上的地名，既不能说它是真的，也不能说它是假的，只能说，它构思在方寸之间的心中，营筑在分寸之内的玉石上。）

中国人的名字恒是如此慎重庄严。

通往巴陵的路上，无边的烟缭雾绕中猛然跳出一个路牌让我惊讶，那名字是:雪雾闹。

我站起来，不相信似的张望了又张望，车上有人在睡，有人在发呆，没有人去理会那名字，只有我暗自吃惊。唉，住在山里的人是已经养成对美的抵抗力了，像韦应物的诗“司空见惯浑无事，断尽苏州刺史肠”。而我亦是脆弱的，一点点美，已经让我承受不起了，何况这种意外蹦出来的、突发的美好。何竟在山叠山、水错水的高绝之处，有一这样的名字。是一句沉实紧密的诗啊。那名字！

名字如果好得很正常，倒也罢了。例如“云霞坪”，已经好得很够分量了，但“雪雾闹”好得过分，让我张皇失措，几乎失态。

“红杏枝头春意闹”，但那种闹只是闺中乖女孩偶然的冶艳，但雪雾纠缠，那里面就有了天玄地黄的大气魄，是乾坤的判然分明的对立，也是乾坤的浑然一体的含义。

像把一句密加圈点的诗句留在诗册里，我把那名字留在山巅水涯。继续前行。

谢谢阿姨

车过高义，许多背着书包的小孩下了车。高义小学在那上面。

在台湾，无论走到多高的山上，你总会看见一所小学，灰水泥的墙，红字，有一种简单的不喧不嚣的美。

小孩下车时，也不知是不是校长吩咐的，每一个都毕恭毕敬地对司机和车掌大声地说："谢谢阿姨！谢谢伯伯！"

在这种车上服务真幸福。

愿那些小孩永远不知道付了钱就叫"顾客"，愿他们永远不知道"顾客永远是对的"这种片面的道德观念。

是清早的第一班车，是晨露未晞的通往教室的小径，是刚刚开始背书包的孩子，一声"谢谢"，太阳霭然地升起来。

山水的巨帙

峰回路转，时而是左眼读水，右眼阅山，时而是左眼披览一页页的山，右眼圈点一行行的水——山水的巨帙是如此观之不尽。

作为高山路线上的一个车掌必然很怡悦吧？早晨，看东山的影子如何去覆罩西山，黄昏的收班车则看回过头来的影子从西山覆罩东山。山径只是无限的整体大片上的一条细线，车子则是千回百折的线上的一个小点。但其间亦自是一段小小的人生，也充满大千世界的种种观照。

不管车往哪里走，奇怪的是梯田的层阶总能跟上来，中国人真是不可思议，他们硬是把峰壑当平地来耕作。

我想送梯田一个名字——“层层香”，说得更清楚点，是层层稻香，层层汗水的芬芳。

巴陵是“公路局”车站的终点。

像一切的大巴士的山线终站，那其间有着说不出来的小小繁华和小小寂寞——一间客栈，一座山庄，一间兼卖肉丝面和猪头肉的票亭，几家山产店，几户人家，一片有意无意的小花圃，车来时，扬起一阵沙尘，然后沉寂。

公车的终点站是计程车的起点，要到巴陵还有三小时的脚程，我订了一辆车，司机是胡先生，泰雅尔人，有问必答，车子如果不遇山崩，可以走到比巴陵更深的深山。

山里的计程车其实是不计程的，连计程表也省得装了。开山路，车子耗损大，通常是一个人或好些人合包一辆车。价钱当然比计程贵，但坐车当然比坐滑竿坐轿子人道多了，我喜欢看见别人和我平起平坐。

我坐在前座，和驾驶员一起，文明社会的礼节到这里是不必讲求了，我选择前座是因为它既便于谈话，又便于看山看水。

车虽是我一人包的，但一路上他老是停下来载人，一会是从小路上冲来的小孩——那是他家老五。一会又搭乘一位做活的女工，有时他又热心地大叫：

“喂，我来帮你带菜！”

许多人上车又下车，许多东西搬上又搬下，看他连问都不问一声就理直气壮地载人载货，我觉得很高兴。

“这是我家！”他说着，跳下车，大声跟他太太说话。

天啊！漂亮的西式平房。

他告诉我哪里是他正在兴盖的旅舍，他告诉我他们的土地值三万一坪，他告诉我山坡上哪一片是水蜜桃，哪一片是苹果……

“要是你四月来，苹果花开。哼……”

这人说话老是让我想起现代诗。

“我们山地人不喝开水的——山里的水拿起来就喝！”

“呶，这种草叫‘嗯桑’，我们从前吃了生肉要是肚子痛就吃它。”

“停车，停车。”这一次是我自己叫停的，我仔细端详了那种草，锯齿边的尖叶。满山遍野都是，从一尺到一人高。顶端开着隐藏的小黄花，闻起来极清香。

我摘了一把。并且撕一片像中指大小的叶子开始咀嚼。老天！真苦得要死，但我狠下心至少也得吃下那一片，我总共花了三个半小时，才吃完那一片叶子。

“那是芙蓉花吗？”

我种过一种芙蓉花，初绽时是白的，开着开着就变成了粉的，最后变成凄艳的红。

我觉得路旁那些应该是野生的芙蓉。

“山里花那么多，谁晓得？”

车子在凹凹凸凸的路上，往前蹦着。我不讨厌这种路——因为太讨厌平直光滑的大道把你一路输送到风景站的无聊。

当年孔丘乘车，遇人就“凭车而轼”，我一路行去，也无限欢欣地向所有的花，所有的蝶，所有的鸟以及不知名的蔓生在地上的浆果行“车上致敬礼”。

“到这里为止，车子开不过去了，”司机说，“下午我来接你。”

山水的圣谕

我终于独自一人了。

独自一人来面领山水的圣谕。

一片大地能昂起几座山？一座山能涌出多少树？一棵树里能秘藏多少鸟？一声鸟鸣能婉转倾泻多少天机？

鸟声真是一种奇怪的音乐——鸟愈叫，山愈幽深寂静。

流云匆匆从树隙穿过——云是山的使者吧——我竟是闲于闲云的一个。

“喂！”我坐在树下，叫住云，学当年孔子叫住趋庭而过的鲤，并且愉快地问它，“你学了诗没有？”

并不渴，在十一月山间的新凉中，但每看到山泉我仍然忍不住停下来喝一口。雨后初晴的早晨，山中轰轰然全是水声，插手入寒泉，只觉自己也是一片冰心在玉壶。而人世在哪里？当我一插手之际，红尘中几人生了？几人死了？几人灭情灭欲大彻大悟了？

剪水为衣，抟山为钵，山水的衣钵可授之何人？叩山为钟鸣。抚水成琴弦，山水的清音谁是知者？山是千绕百折的璇玑图，水是逆流而读或顺流而读都美丽的回文诗，山水的诗情谁来领管？

俯视脚下的深涧，浪花翻涌，一直，我以为浪是水的一种偶然，一种偶然搅起的激情。但行到此处，我忽竟发现不然，应该说水是浪的一种偶然。

同样是岛，同样有山，不知为什么，香港的山里就没有这份云来雾往、朝烟夕岚以及千层山万重水的故园韵味。香港没有极高的山、极巨的神木。香港的景也不能说不好，只是一览无遗坦然得令人不习惯。

对一个中国人而言，烟岚是山的呼吸，而拉拉山，此刻正在徐舒地深呼吸。

在

小的时候老师点名，我们一一举手说：

“在！”

当我来到拉拉山，山在。

当我访水，水在。

还有，万物皆在，还有，岁月也在。

转过一个弯，神木便在那里，在海拔一千八百米的地方，在拉拉山与塔曼山之间，以它五十四米的身高，面对不满五英尺四英寸（约一米六二）的我。

它在，我在，我们彼此对望着。

想起刚才在路上我曾问司机：

“都说神木是一个教授发现的，他发现以前你们知道不知道？”

“哈，我们早就知道啦，做小孩子时就知道，大家都知道的嘛！它早就在那里了！”

被发现或不被发现，被命名或不被命名，被一个泰雅尔的山地小孩知道或被森林系的教授知道，它反正在那里。

心情又激动又平静。激动，因为它超乎想象的巨大庄严；平静，是因为觉得它理该如此妥帖地拔地擎天，它理该如此是一座倒生的翡翠矿，需要用仰角去挖掘。

路旁钉着几张原木椅子，长满了苔藓，野蕨从木板裂开的瘢目间冒生出来，是谁坐在这张椅子上把它坐出一片苔痕？是那叫作“时间”的过客吗？

再往前，是更高的一株神木叫“复兴二号”。

十一点了，秋山在此刻竟也是阳光炙人的，我躺在“复兴二号”下面，想起唐人的传奇，虬髯客不带一丝邪念卧看红拂女梳垂地的长发，那景象真华丽。我此刻也卧看大树在风中梳着那满头青丝，所不同的是，我也有华发绿鬓，跟巨木相向苍翠。

人行到“复兴一号”下面，忽然有些悲怆，这是胸腔最阔大的一棵，直立在空无凭依的小山坡上，似乎被雷击过，有些地方劈剖开来，老干枯干苍古，分杈部分却活着。

怎么会有一棵树同时包括死之深沉和生之愉悦？

坐在树根上，惊看枕月衾云的众枝柯，忽然，一滴水棒喝似的打到头上。那枝柯间也有汉武帝所喜欢的承露盘吗？

真的，我问我自己，为什么要来看神木呢？对生计而言，神木当然不及番石榴树，而番石榴，又不及稻子麦子。

我们要稻子，要麦子，要番石榴，可是，令我们惊讶的是，我们的确也想要一棵或很多棵神木。

我们要一个形象来把我们自己画给自己看，我们需要一则神话来把我们自己说给自己听：千年不移的真挚深情、阅尽风霜的淡然庄矜、接受一个伤痕便另拓一片苍翠的无限生机，人不知而不愠的怡然自足。

树在。山在。大地在。岁月在。我在。你还要怎样更好的世界？

适者

听惯了“物竞天择，适者生存”，人不知不觉就绷紧了，仿佛自己正介于适者与不适者之间，又好像适于生存者的名单即将宣布了，我们连自己生存下去的权利都开始怀疑起来了。

但在山中，每一种生物都尊严地活着，巨大悠久如神木，神奇尊贵如灵芝，微小如阴暗岩石上恰似芝麻点大的菌子，美如凤尾蝶，丑如小蜥蜴，古怪如金狗毛，卑弱如匍匐结根的蔓草，以及种种不知名的万类万品，生命是如此仁慈公平。

甚至连没有生命的，也和谐地存在着，土有土的高贵，石有石的尊严，倒地而死无人凭吊的树尸也纵容菌子、蕨草、苔藓和木耳爬得它一身，你不由觉得那树尸竟也是另一种大地，它因容纳异己而在那些小东西身上又青青翠翠地再活了起来。

生命是有充分的余裕的。

在山中，每一种存在的都是适者。

忽然，我听到人声，胡先生来接我了。

“就在那上面，”他指着头上的岩突叫着，“我爸爸打过三只熊！”

我有点生气，怎么不早讲？他大概怕吓着我，其实，我如果事先知道自己走的是一条大黑熊出没的路，一定要兴奋十倍。可惜了！

“熊肉好不好吃？”

“不好吃，太肥了。”他顺手摘了一把野草，又顺手扔了，他对逝去的岁月并不留恋，他真正挂心的是他的车，他的孩子，他计划中的旅馆。

山风跟我说了一天，野水跟我聊了一天，我累了。在回来的“公路局”车上安分地凭窗俯瞰极深极深的山涧。心里盘算着要到何方借一只长瓢，也许是长如勺子星座的长瓢，并且舀起一瓢清清冽冽的泉水。

有人在山跟山之间扯起吊索吊竹子，我有点喜欢做那竹子。

回到复兴，复兴在四山之间，四山在云的合抱中。

水程

清晨，我沿复兴山庄旁边的小路往吊桥走去。

吊桥悬在两山之间，不着天，不巴地，不连水——吊桥真美。走吊桥时我简直有一种走索人的快乐，山色在眼，风声在耳，而一身系命于天地间游丝一般的铁索。

多么好！

我下了吊桥，走向渡头，舟子未来，一个农妇在田间浇豌豆，豌豆花是淡紫的，很细致美丽。

打谷机的声音不知从何处传来，我感动着，那是一种现代的舂米之歌。

我要等一条船沿水路带我经阿姆坪到石门，我坐在石头上等着。

乌鸦在山岩上直嘎嘎地叫着，记得有一年在香港碰到王星磊导演的助手，他没头没脑地问我：

“台湾有没有乌鸦？”

他们后来到印度去弄了乌鸦。

我没有想到在山里竟有那么多乌鸦，乌鸦的声音平直低哑，丝毫不婉转流利。它只会简单直接地叫一声：

“嘎——”

但细细品味，倒也有一蚕直抒胸臆的悲痛，好像要说的太多，仓皇到极点。反而只剩一声长噫了！

乌鸦的羽翅纯黑硕大，华贵耀眼。

船来了，但乘客只我一人，船夫定定地坐在船头等人。

我坐在船尾，负责邀和风，邀丽日，邀偶过的一片云影，以及夹岸的绿烟。

没有别人来，那船夫仍坐着。两个小时过去了。

我觉得我邀到的客人已够多了，满船都是，就付足了大伙儿的船资，促他开船。他终于答应了。

山从四面叠过来，一重一重的，简直是绿色的花瓣——不是单瓣的那一种，而是重瓣的那一种——人行水中，忽然就有了花蕊的感觉，那种柔和的、生存着的花蕊，你感到自己的尊严和芬芳，你竟觉得自己就是张横渠所说的可以“为天地立心”的那个人。

不是天地需要我们去为之立心，而是由于天地的仁慈，她俯身将我们抱起，而且刚刚好放在心坎的那个位置上。山水是花，天地是更大的花，我们遂挺然成花蕊。

回首群山，好一块沉实的纸镇，我们会珍惜的，我们会在这张纸上写下属于我们的历史。

后记

一、常常，我仍想起那座山。

二、冬天，我再去复兴山庄，狠狠地看了一天的梅花。

三、夏天，在一次外出旅行之前，我又去了一次拉拉山，吃了些水蜜桃，以及山壁上倾下来的不花钱的红草莓。夏天比秋天好的是绿苔上长满十字形的小紫花，但夏天游人多些，算来秋天比夏天多了整整一座空山。

花朝手记

隔花

开完会沿着实验大楼走向研究室，医学院的实验大楼一向是一栋奇怪的屋子，里面有各式各样奇怪的事事物物在进行：兔子和鱼的骨骼排在橱子里森森发白，福尔马林里躺着等待剖析的尸体，有人在狗的腿上找针灸穴位，有人则把癌细胞像种树似的往老鼠身上栽种，古老的草药一一被提精熬髓，总之，热闹非凡。

实验大楼的前面却是平静美丽的，因为种着几十株比人高的红茶花。让人觉得一排看去，像戏台上一群武生各自捌着红缨枪。今年冬天少寒流，天气晴暖，羊毛衫穿在身上婉转随人，令人与宇宙万物顿成贴心贴意之亲。

红茶花真好，当然白茶花更好，但白茶花的好如清媚的女子，只适合放在天目釉的黑钵子里，钵子放在明窗下，相望之际令人寂然落泪。红茶花却是阳光下、山坡上的慷慨从容的心情，是新写的红春联，是刚剪好的窗花，是太阳的复制品，是不经意地在路上遇见的微笑。

我站在花前看山下，山脚是红尘滚滚的人寰，是名缰利锁的大囚营，是被诅咒且被思念的台北。但因为隔着这排茶花，城市忽然变得清纯可爱了，错觉上红茶花仿佛用一根别针别在城市的胸前，整个城市看来因而有点像别上红花的新郎新娘，我对这城市可以倾出无限的祝福。

不是因为这城市改变了，是因为我隔着那排花看它——啊，我可以跟全世界和好，我愿意拥抱这四十六亿生灵，只要容许我透过花阵来看万物。

又过了一个月，有一天清晨停了车要去上课，猛然间看见一树一树的羊蹄甲都开了花。我平日惯于把车头对着淡水河的方向停车，仿佛我虽去上课，却仍留下一部分的我去闲站张望似的。此刻，隔着重重花瓣望整个淡水河流域，真是既惊又爱，江山如此，竟不知该如何倾心相爱才好。

我且微微生那株羊蹄甲的气，气它有这么好的消息都不预先告诉我一声，仿佛亲生姐妹竟背着你偷偷结了婚一样。但我又立刻原谅它了，它大概来不及吧，一夕之间竟把自己开得像停满紫色蝴蝶的小山谷似的，它是连发帖子的时间都没有了呀！

以前看淡水，总觉最好的时刻便在夕阳时分，因为观音山后那轮落日，使整个淡水地区遂像挑起红纱灯看美人，恁是无情也变得有情起来。但今晨没有落日为衬景，却多了羊蹄甲的滤镜，也一样好。像达·芬奇画全蒙娜丽莎的微笑以后，又在女子身后加上一笔山川平原，那山峦和大地也暖然有了笑意。原来整个疆土都可以是一抹浅笑的衬景，所以整条淡水河也可以是一株羊蹄甲的背景。

多希望观音山淡水河也有青眼如我，多希望它隔着一株花看我，因而对我也有一番更好、更深层的诠释。

天涯共此时的昙花

推开门，打算离开朋友的家，只见天上是繁星如霜，地下是厚厚的干爽橡叶，马里兰州的秋夜，完美得令人怀疑会一触即碎，不免有点不忍举足。就在这略一趑趄迟疑之际，我看清楚玄关处有一株硕大墨绿的昙花。

“从台湾偷带来的。”女主人说。

我们于是就站在那盆昙花前面呆呆地看着，不是花期，整株植物显得道貌岸然，我们就呆看那浓挚的叶子。而昙花的记忆几乎总是和家人连在一起——你可以一个人跑到山上去看樱花，你可以和好友驰车看春来的杜鹃，你可以在全世界的花市里看遍各种价码的花朵。但昙花只开在深夜，在阒静的夜里，赏花的人只能在自家的屋檐下和亲人一起看昙花。昙花让人想起最无心机的夜，最亲最近的人。

“这昙花，说起来也真是古怪，它每次总挑在中午来开花！”

“什么？哪有中午开花的昙花？”我简直有点生气。

“是真的啊！它有‘时差’，还没有转过来呢！但是听说拿这叶子去插的就不一样，第二代的昙花就转过来了，也是晚上开花了——”

听她这番话，心里微微一动。由于门开着，玄关处的风铃铮铮作响，这风是来自远方的噫气啊，我轻轻触着那柔软丰厚的叶瓣，惊奇一株移植的仙人掌科植物竟和移民那么相像：安静，无怨，在阳光中本本分分地生长，看起来似乎比本来更有枝繁叶茂、欣欣向荣的样子。只有在它恍惚失察竟致在正午时分冒出一朵花来的时候，你才猛然发现它那平日隐藏得很好的乡愁。

我因它格格不入的花时而黯然了。它不能改变自己已经安身在这个新“空间”里的事实，但它却不知不觉地守着自己的“时间”。在它碧绿的血液里大约有着什么秘密的记忆，让它在马里兰州的中午冒冒失失地开出花来，好隔海和它的旧日故交共度生命中最璀璨的时刻。

不知有花

那时候，是五月，桐花在一夜之间，攻占了所有的山头。历史或者是由一个一个的英雄豪杰叠成的，但岁月——岁月对我而言是花和花的禅让所缔造的。

桐花极白，极矜持，花心却又泄露些许微红。我和我的朋友都认定这花有点诡秘——平日守口如瓶，一旦花开，则所向披靡，灿如一片低飞的云，无一处不被。

车子停在一个小客家山村，走过紫苏茂生的小径，我们站在高大的桐树下。山路上落满白花，每一块石头都因花罩而极尽温柔，仿佛战马一旦披上了绣帔，也可以供女子骑乘。

而阳光那么好，像一种叫“桂花蜜酿”的酒，人走到林子深处，不免叹息气短，对着这惊心动魄的手笔感到无能为力，强大的美有时令人虚脱。

忽然有个妇人行来，赭红的皮肤特别像那一带泥土的色调。

“你们来找人？”

“我们——来看花。”

“花？”妇人匆匆往前赶路，一面丢下一句，“哪有花？”

由于她并不要求答案，我们也噤然不知如何接腔，只是相顾愕然，如此满山满林扑面迎鼻的桐花，她居然问我们“哪有花”。

但风过处花落如雨，似乎也并不反对她的说法。忽然，我懂了，这是她的家，这前山后山的桐树是他们的农作物，是大型的庄稼。而农人对他们作物的花，一向是视而不见的。在他们看来，玫瑰是花，剑兰是花，菊是花，至于稻花桐花，那是不算的。

使我们为之绝倒发痴的花，她竟可以担着水夷然走过千遍，并且说：

“花，哪里有花？”

我想起少年游狮头山，站在庵前看晚霞落日，只觉如万艳争流竞渡，一片西天华美到几乎受伤的地步，忍不住返身对行过的老尼说：

“快看那落日！”

她安静垂眉道：

“天天都是这样的！”

事隔二十年，这山村女子的口气，同那老尼竟如此相似，我不禁暗暗嫉妒起来。

我自己一向是大惊小怪的。我是禁不得星之灿烂与花之暖香的人。我是来自城市的狂乱执迷之人，我没有办法“处美不惊”。唐人韦苏州在友人家里见到一位绝色歌姬，对于友人能日日安然无恙地面对美人，不禁大感惊讶。他说“司空见惯浑无事，断尽苏州刺史肠”。翻成白话就是："我的朋友司空大人对美已经有了免疫能力了，而我却注定完蛋，这种美，是会把我置之于死地的啊！"

不为花而目醉神迷、惊愕叹息的，才是花的主人吧？对那大声地问我"花？哪有花？"的山村妇人而言，花是树的一部分，树是山林地的一部分，山林地是生活的一部分，而生活是浑然大化的一部分。她与花可以像山与云，相亲相融而不相知。

宋人张在的诗谓："南邻北舍牡丹开，年少寻芳日几回。惟有君家老柏树，春风来似不曾来。"好个"春风来似不曾来"，众芳为春风迷醉成疾的时候，竟有一株翠柏独能挺得住，不落万仞情劫。

年年桐花开的时候，我总想起那妇人，步过花潮花汐而不知有花的妇人，并且暗暗嫉妒。

狭路相逢的桃花

女孩来，叫我跟她去采桃花，她说那是她家的桃花，我就跟她去了。那一年，我七岁。

我们一直走一直走，三月的阳光，在我们走过时，一摊摊皆化成了水。融融暖暖，溅溅有声。

桃花林终于到了，小女孩仰起头来，晴空下，桃枝交柯，纷纷扰扰，桃花菲薄迷离，因为人小，显得桃花高大饱满，蔽日遮天。

那天黄昏回到家里，交给妈妈一整抱的桃花。母亲只是奇怪，为什么脱下毛衣竟抖出一捧花瓣来？

"怪事？你是怎么采花的，怎么采花采到衣服里面去了？"

那桃花林在柳州城，那城后来对我而言竟不再是一个地理位置，而是一种无限依柔的感觉。记忆中满城都是山，山上有树。人和树常在雾里浮着，至于浮桥则搭在水上，柚子花香得无处不在，柚子熟时大大的，一个个堆在路边，那么圆，那么大，世上再难找到那么壮硕喜气的果子。

然后，柳州就消失了，消失了四十年。

桃花因而成为我最脆薄、不堪一触的记忆，连母亲当年的唠叨和责骂，我后来想想都觉甜美。因为帮我牢牢记住了桃花瓣柔柔腻腻的擦触的感觉，衣领里能抖出一捧花瓣的记忆，真是豪侈。

中国人如果有一个理想国，它的位置便必然在溪水最清处，桃花最炽处。它的名字必然叫作“桃花源”。

因为回不去，桃花林于我便愈来愈成为一个似真似幻的梦境，我和它之间有些纠缠不清的东西，那是我第一次被植物的美所刺激，也是我第一次眷眷然了解人世中有令人舍不得、放不下的东西。

听说有一位老兵，十岁左右就在故乡定了亲。之后出来当兵、打仗、退伍、结婚、生子，今年回老家去，不知为什么，很想看看从来没见过面的未婚妻，不意遭家人拦住了，他恨道：

“不甘心啊！我只想看看她是个什么样子啊！”

“有什么好看，又老又丑又一堆儿孙。”他的大哥骂道。

而我比那老兵幸运，我所眷眷不能忘情的是桃花，桃花不会老丑，而且不一定要到柳州去寻找。柳州那山城太好，前人说“死在柳州”，原是指柳州有好树堪做好棺木，但对我而言，一度活在柳州也是幸福的，那样好山好水好花好树的地方。但不去柳州也罢，留一点怅惘在远

方也很好，但桃花林却非回去一趟不可。我知道我欠桃花一段情缘，我必须再去看一次盛放到极致的桃花，我必须把七岁那年两相照面之下，没有看清楚、讲清楚的情节再重复一次。有许多感谢，有许多思忆，都必须我自己与桃花当面说明。我确知在这个世界上，桃花这种花无论浪迹到天涯海角总是美丽的，但重逢的时候，我能否无愧故友？我是否仍有小女孩的丰颊黑睛，与桃花灼灼相对？

今年春天，听友人说太鲁阁山里桃花开了，便一径投奔而去。峡谷极窄，刚能容人， 路上台湾榉独排众议，不肯跟樟树、桑树以及芡迷同绿，它的颜色介乎烟红与肉红之间，时不时地冒出一两棵来，山路惊险繁奥，每转一个弯，就把自己的风景彻底否定一次。

不可思议的一条路！峡谷中的立雾溪奔窜如白练，新栽的绿叶是翠绫，油菜花则黄如丝绢，好一条华丽的“丝路”。带路的人说桃花分六个台地，一台一台，层层涌动，我想该给它取名叫“六如”，《金刚经》中论世上万物，谓“如梦、如幻、如泡、如影、如露、如电”。这六层桃花美到极致，也只能如此看待。

我们终于停下来。面对四百多株桃花，我独自走开，倚石静坐。奇怪的是一点也不激狂，行过如此长长的四十年，行过窄仄刚可通人的峡谷，我在山坳里与桃花重逢，在别人一片探亲潮中，我的亲人是桃花，我来此与它一叙旧情。

花色极淡，是试探地不想让人发现的胭脂。树干虬结，似乎怕花色太柔太浮，所以刻意用极稳重的青黑托住。一棵树上仿佛那树干是古典主义，花却是浪漫主义。神话中的桃花是夸父的手杖化成的，想来夸父逐日渴死的时候，手杖也正是这枯竭干皱的颜色吧？奇怪的是，在这肃穆庄凝如铁一般的意志上何竟开出那扑簌簌的如泪如歌的颜色来？那颜色是长虹之照水，是惊鸿之乍掠，那颜色是我贮存心头半生的一点秘密，是天地大化洁手清心之余，为最钟爱的孩子，刻意酿下的一坛酒的酒色。

我安静地与此颜色相对，只觉满心“合当如是”的坦然。失去的岁月此刻好像忽然接上了，我仍是当年桃花林中的小女孩。只是以前必须仰视的，现在可以平视了。我斜靠在大青石上，望着桃花的江海，望着营营的蜂蝶，望着乌头翁和大卷尾扑翅有声的节奏，只觉是什么好心的神仙把天地和岁月的好去摄了来，放在这小小的峡谷中了。天空澄蓝无物，山径寂寥无为，阳光和好风都温柔千种。我有一笔一纸和一卷诗在手，但纸笔沉落，诗则如小鱼，自己倏忽游走消失，我于是垂首睡着了。四野桃花，为我联袂圈出一片净土，并且守我入梦——这正是我要的，找一个幽隐邃密的桃花林子，靠一块浑然天成、仿佛仙枕的大石头，然后借一梦幽幽把前缘旧事一一续上。

晋人王献之曾在桃花津渡上送他所爱的女子桃叶，并作《桃叶歌》。其实，桃花季节，每一朵乍开的桃花都等于一处水光潋滟的桃花渡口，把凡人渡向不可知的前路。

真的很好，四十年后，隔着海，重新找到桃花渡口，清楚地感觉被天地和岁月爱宠的身份。生命此刻又可以从这里撑篙出发，沿着春天的津渡而上，清溪泻玉，桃花放焰，追日的神话四伏欲出。在一片坠落的花瓣将我惊醒之前，生命还有那么多那么丰富的情节可以一一来入梦。

故事行

一、出发

真是冠盖云集的场面！这一天，是“台北故宫博物院”六十周年院庆，计程车迂回上山的时候，我看到戴着白帽的服务人员把一盘盘漂亮的餐点往绿草如茵的至善园络绎送进去，真是人世间的好景致啊！车在礼堂前停下来，我才注意到周围全是黑艳发亮的轿车，坐计程车来真是“草莽”极了，何况我当时手上还提着一袋十几公斤重的行李，自己也不免觉得形容古怪。

“会一完我要赶去中部，只好带着行李，可以寄放在你们这里一下吗？”

接待小姐很客气地答应了，其实她并没有问我，是我自己心虚，所以嗫嗫嚅嚅地一直解释。

终于准时进了会场，令人感动的不是那刻意布置的空间，而是“时间”，是一切发生在时间里的“故事”。六十年，一甲子，我们坐在这里，仿佛被邀来看六十年一循环的岁月。想起从前庄严副院长自称“老宫人”的语气，想起他提起自己年轻时，大学刚毕业，有一天，奉命入宫点收文物，他一脚走进宫中之际也正是宣统逊帝站起来走出去之时，一只吃了一半的苹果还放在桌上，帝王的身影从此走出宫殿，四千年帝制至此草草了结。而我，此刻能坐在这里，是因历史上曾有人赴汤蹈火，将皇宫化为我们可以出入的庭户，将钟鼎璞玉降为平民可以玩味的产业——六十年了啊！

郭小庄穿着唐代舞俑的衣服，高领窄腰，在台上作公孙大娘的剑器舞……所谓故宫，所谓四千年的帝王将相，一时俱成尘泥，留下来的是什么？是先秦的玉？汉唐的镜？是汝窑的瓷？是王羲之的快雪时晴？是八大石涛笔下的无限江山？……然而我却急着要走，行李在入口处，我要离开那斑斓的青铜，温润的旧玉，以及那些轴那些卷，以及那些隔着玻璃也觉古黯生香的老刻本……我要去赶最后一班赴埔里的车，我要去埔里看林渊，林渊和他的石头……

二、像牛羊一样在草间放牧的石雕

夜晚睡的时候舍不得关拢窗帘，因为山月——而早晨，微蓝的天光也就由那缝隙倾入。我急着爬起来，树底下正散布着满院子的林渊的石雕。其实，昨夜一到黄先生家就已经看到几十件精品，放在客厅周围，奇怪的是我一个个摸过去，总觉不对劲，那些来自河滩的石头一旦规规矩矩在木架上放好，竟格格不入起来，像一个活蹦乱跳的乡下小孩，偶尔进城坐在亲戚家的锦褥上，不免缩手缩脚。而此刻，这像牛羊一样的草间放牧的石雕却一一都是活的。虽然暂时坐着，暂时凝神望远，你却知道，它们随时都会站起身来，会走，会开口，如果是鸡，便会去啄米，如果是猴，便会去爬树……

石雕在树下，一只只有了苔痕。

记得在圣彼得大教堂看米开朗琪罗的逸品，像圣母哀恸像，惊愕叹服之余，不免奇怪坚硬的石头何以到了米氏手里竟柔若白云，虚若飘谷。米氏的石头真是驯化过的，但林渊不是这样的，林渊的每一个石头都仍然是石头，碰人会疼，擦到会青肿，是不折不扣的莽莽大河上游冲下来的石头。它更不是中国文人口里那剔透单瘦造型丑陋有趣的石头。它是安而拙、鲁而直的，简简单单一大块，而因为简单，所以锤凿能从容地加上去。

说起锤凿，有件事应该一提，那就是埔里街上有条打铁街，有些铁制的农具和日用工具挂满一条街，这种景致也算是埔里一奇吧！

假如不是因为有那条铁器街，假如林渊不是因为有个女婿刚好是打铁的，假如不是这女婿为他打了锤凿，不晓得林渊会不会动手雕石头？

“林渊这人很特别，”黄先生说，“四十多年前，他就自己一个人做了部机器，可以把甘蔗榨成汁，榨成汁后他又把汁煮成糖。”

林渊到现在仍然爱弄机械，他自己动手做结实的旋椅，他也做了个球形的旋转笼屋。坐在里面把脚往中心轴一踢，就可以转上好多圈——看来像是大型玩具，任何人坐进去都不免变成小孩。

站在树丛中看众石雕的感觉是安然不惊的。世上有些好，因为突兀奇拔，令人惊艳，但林渊的好却仿佛一个人闲坐时看着自己的手，手上的茧以及茧之间的伤痕，只觉熟稔亲和，亲和到几乎没有感觉，只因为是自身的一部分。但我和林渊的石雕间有什么可以相熟相知的呢？是对整个石器时代的共同追忆吧？如果此刻走着走着，看到这些石人石牛石龟石猴幻成古代的守墓石兽，我大概也觉得理所当然吧？甚至如果它又变形为石臼石斫石斧石凿，我也不以为奇，这样悠悠苍古的石头是比女娲用以补天的“五色石”还要质朴远古的吧？五色石已经懂得用华彩取悦文明了。而林渊的石头是从河滩搬来的，混沌未判，充满种种可能性……

三、沿溪行

那天早上我们出发，沿着野马溪，去找鱼池乡的“渊仔伯”。拐入坡道不久，忽然看到路侧乱草堆里冒出一只只石牛石羊，竟觉得那些作品像指路标一样，正确地指出渊仔伯的地址。继续再走不远，一座巨型的“四海龙王”放在路边，渊仔伯的家到了，这件作品大约一人高，圆大厚实，四方雕有四个不同的龙王，渊仔伯走了出来，硬瘦苍挺，像他的石作，有其因岁月而形成的刚和柔。

走进他这几年自己设计的新家，更吓一跳，大门上和院子里有许多易拉罐拼成的飞机，有捡来的旧钟，构成他独特的“现代感”，旧轮胎的内外胎显然也是他钟爱的“塑材”，他用内外胎，“拾了”许多景观，慕蓉愣了愣说：

“我要叫学生来看——看一个人可以‘大胆’到什么程度。”

工作室的门口，有一块山地人惯用的扁平石材，渊仔伯把它竖立在门口，像块布告板，上面写着：

六十六年石刻

福建省海定县

无党无派

每个人走到这里都不免一面读一面着迷起来，这有趣的老人！其实以他的背景而言，由于识字不多，也非自己思想不可，好玩的是他借用政治上的“无党无派”，然后再加上“自己思想”，显得这“党派”成了学派或画派了。

“这是真的猪，”他介绍自己的作品总是只谈故事，仿佛故事才是重要的，而他的石雕，只不过是那些说给孙儿听的故事的立体插图罢了。“你知道吗？现在全世界每年杀的真猪只不过三四条而已，其他的都不是真的猪，都是人变的猪，真的猪就是这样的。”

他说话的表情认真而平淡，像在告诉你昨天母牛生了小牛一样自然，不需要夸张，因为自认为是事实。

“这个是秦始皇的某（老婆）啦！秦始皇遇到仙，仙人给了他两朵花，一朵全开，一朵还没开，仙人说全开的给老母戴，未开的给某戴。秦始皇看那朵全开的漂亮，给老母戴了太可惜，还是给太太戴吧！谁知道那全开了的花刚戴上去虽然漂亮，可是一下就谢掉了，一谢掉，人就开始变丑，愈来愈丑，愈来愈丑，后来丑得实在没办法，她自己都觉得羞，所以就逃到山里去了——后来就生下猴子，猴子就是这样来的。”

如果兴致好，他会继续告诉你故事发展下去的枝节，例如这猴子到村子里去偷东西吃，结果被人设计烫红了屁股，而秦始皇的妈妈因为愈来愈漂亮，秦始皇想娶她为妻，她说，不可以，除非你能遮住天上的太阳，秦始皇一急，便去造万里长城，好在遮天蔽日的事还是做不到的。唉，原来极丑和极漂亮都有麻烦呢！

不止林渊自己，连他的作品的收藏人，在收藏作品的同时，不免也同时收藏了故事，像黄先生便能一一指陈。

“林渊说，这故事是说，有个人，生了病，他说谁要能医好他，他就把女儿嫁他。结果，有一只猴子医好了他，他只好守信用把女儿嫁给猴子，可是这事太丢人了，他丢不起脸，就把女儿和猴子放在船上，叫他们漂洋过海到远方去结婚，他们后来也生了孩子，美国人就是这样来的啦！”

奇怪，这故事听来像高辛氏嫁狗的情节（因为它战阵有功，后来生子十二人，成为蛮夷）。林渊有时候也以“成语”为题材，例如他雕婚姻，一块顽石的两侧各雕一男一女，男子眉目凶恶，女子五官平凡卑弱而认命，颈下却有块大瘿瘤，林渊想刻的是闽南语说的：“项颈生瘤，妇人家嫁了坏坏（丈夫）——都是碰上了。”碰的原文读音一音双关，指“碰”上，也指“阻”住。

我看那石雕，却不免惊动，仿佛觉得那女人的肿瘤是一项凸显明白的指控，她用沉默失调的肉体在反驳一桩不幸的婚姻。

“这又是什么故事呢？”

“这就是说，很早很早那时候，有人想要来盖一座楼，想要一直盖到天上去，可是有一天早上，他们一醒，忽然一个说一款话，谁也听不懂谁的，只好大家散散去。”

我大吃一惊，这故事简直是《圣经》中巴别塔的故事啊！

“这故事哪里来的？”如果查得出来，简直要牵出一篇中西交通史。

“书上写的呀！”

“什么书？”我更紧张了。

“就是古早古早的书，都写得明明，后来呢，又下了雨，一连下四十天，一天也不停，四十天呢！后来就做大水啦，这些人，就躲在船上……”

我们这才知道那件作品刻的是一列人头，站在船舷上。但这故事分明是《圣经》中的方舟故事，难道我们民间也有这种传说吗？

“阿伯，你的故事哪里听来的？”治平毕竟是教社会学的，问起话来比我有头绪。

“收音机里啊！”他答得坦然。

我松了一口气，起先还以为出现了一条天大的属于“神话比较学”的资料呢！原来渊仔伯不很“纯乡土”，他不知不觉中竟刻了希伯来人的文学。

渊仔伯其实也有简单的不含故事的作品。只是即使简单，他也总有一两句说明：

“这是虎豹母，从前这山上有老虎下来咬人呢，老虎本来就恶，生了孩子，怕人害它的孩子就更恶了！”

“这是公鸡打母鸡。”

另外一座用铁皮焊成的人体，他在肚子上反扣一口炒菜锅，题目竟是“樊梨花怀孕”，真是有趣的组合。

林渊不怕重复自己，因此不会像某些现代艺术家天天为“突破自己”而造作，林渊不怕翻来覆去地重新雕牛、羊、猪、鸡、鸟、蛇、龟、虫、鱼和人。他的作品堆在家门口，堆在工作室，放在大路边，养在草丛里。走过他家围墙，墙上的石头有些也是雕过的，踏上他家台阶，阶石也是雕像，石雕于他既是创作也是生命，是勤劳操作一世之余的“劳动”兼“休闲”。他隶属于艺术，更属于神话。

那天晚上我们回到学生家的别墅，躺在后院鱼池边看星月，有一株迷糊的杏花不知怎的竟在秋风里开了花。这安详的小镇，这以美酒和樱花闻名的小镇，这学生的外公曾在山溪野水中养出虹鳟鱼的小镇，这容得下山地人和平地人共生的小镇，这如今收获了石雕者林渊、摄影人梁正居、能识拔艺人的先生黄炳松的小镇，多富饶的小镇啊！

我觉得自己竟像那株杏花，有一种急欲探首来了解这番世象的冲动，想探探这片慈和丰沛的大地，想听听这块大地上的故事。

游园惊梦

学校的交通车正行到高架桥上近圆山的一段，我机警地赶快侧过头去看它。它，那只长颈鹿，它在对街的山头上，我们相距也许有一二千米吧？它的颈子优美地伸向高处，像一个指着天空的箭头标示。

车子转了弯，我收回依依的目光，交通车继续往士林方向走，我定下心来，准备去上课——多奇异的相逢，一个人，一头鹿，在都市高架桥的急速车行中遥望。

猛然想起，我这半生好像都在这条路上。小时候，住抚顺街，读中山小学。后来读书教书在外双溪和石牌，中山北路来来回回地每天经过，算来已等于绕了地球几周了。

可是，为什么，为什么每次经过动物园，仍不免怦然心动？

记得第一次走入圆山动物园的感觉，记得那些横走纵跃的猴子，记得那对一个孩子而言巨大无比的象栏，记得孔雀开屏时颤抖地以百眼为扇，急速地倾力猛扬，一阵阵急切而焦伤的求偶讯息……

从被父母牵着去玩，到自己会去逛，到和情人，到带孩子去，一座园竟是一个一个人的半生啊!

有一天，父亲从动物园回来，大笑，说:“这事真奇怪呀!园里有只驴子，我走近一看，牌子上介绍了一大堆，最后还说‘鸣声悦耳’，驴子叫怎么能叫成鸣声悦耳?”

那大概是动物园的草莽期吧，才会错得如此离谱。而三十多年后的今天，动物园杂志上有着一篇篇学术性的研究报告，像“谈猕猴的理毛行为”，或“柑橘凤蝶的人工饲料”。时代不同了，有些事情在进步，我自己也成了动物园搬家的宣传员。然而我不自主地会怀念那个圆山桥下河水流碧的日子，有人垂钓，有人散步，那时候没有专家，却也没有“专家也解决不了的问题”，小学的校歌神气活现地唱着:

圆山虎啸，剑潭水清……山川钟秀，人杰地灵……

我今天对着浑如毒汤的基隆河还敢唱“地灵”吗?

关园的前一天，我去看林旺。对我而言，它不仅是一只硕大的最受欢迎的动物而已，也是一篇岔开去的悲剧情节。据说它来自泰北丛林，曾和我们的孤军一起生活，后来带到台湾来，放在步兵学校，(大概由于步校是校区最大的学校吧!)父亲当时在步校做教育长，我们假日里便跟着父亲去看大象，外加看一棵红豆树。大象后来转赠了动物园，没想到那曾在丛林中和战士共生死的，曾在军营里惯听号角悲吟的，今天却站在众孩童惊奇的注目中迟缓而无奈地老去。

发愿会不会是一件遭人耻笑的迂腐行为?如果准许我有秘密的誓愿，愿台北是个爱生的城市，愿动物仍然和人类一起欣欣向荣，在十亿年前，也

在今天，在蛮荒、在农村、在都市、在圆山、在木栅。愿那一双双来自荒原的野性的眼睛仍然和我们下一代的孩童的梦一起成长。

冬来好酒酿几坛？

一

“冬来好酒酿几坛？”

以上，是个问句，但，是谁在问谁？

也许该是农夫问农妇，但，是谁在问谁？

或者是爱饮酒的诗人陶渊明问的？（陶渊明写过了不少饮酒诗，奇怪的是他从来没写过酿酒诗，可见也是一个懒汉。）

当然，也许是沽酒铺的老板娘问老板的？

以上的假设都可以成立，且都可以算是一个美丽的问题。试想，秋天收了高粱或糯米（或目前正红的“小米酒”的原料小米），到了冬天，一切农忙都歇下来，天气初寒，正是酿谷类酒的好季节，于是家人商量，今冬该酿几坛美酒？酒以成礼，明年春社日祭祀的时候，我们家也要有拿得出手的酒吧？酿它几坛好呢？

二

不过这样美丽的问题如果换了个情境，其实就有点可怜了。

设若这是老百姓问政府的，设若问话的地点在遥远的马祖。

“请问长官，我们这一家一户可被允许酿多少酒？”

答案简单明了：

“一家一百升。”

官员想说而未说出的话是：

“嘿！嘿！法有明文规定，你干吗来烦我，这法又不是我定的，早就白纸黑字写在那里。一家一百升，酿多了，你们拿去卖，‘烟酒公卖局’吃什么呀？”

在当今台澎金马的版域里，我认为马祖是最醇美的酒之故乡，虽然埔里绍兴也十分驰名，金门高粱也脍炙人口。

身为一个政府，还要与平民争酒钱，也太小家子气了。如果要限制，限制大资本家设大厂，用工业方法制酒，尚有道理来限。至于一般的民宿主人，亲手酿几坛好酒来待远客是多么诗意的经营啊！怎么忍心扼止？

我不好酒，但旅行天下，总觉附带品一口酒是很必要的。例如桂林的三花酒、张掖的皇台酒、四川的五粮液、金门的大曲。还有那些喝不到的，例如苏东坡在海南岛喝的“土著”椰子酒，或黄庭坚喝的橘子酒也都令人格外神往。至于虚构之酒，如贾宝玉在梦中喝的“千红一窟，万艳同杯”看来应是花果酒，令人尤不胜魂思梦想。

但马祖之酒却是可以触及的美梦，可以含在口中的真实幸福，商家给它取名叫“酒中酒”，其酒甘醇浑厚，朴实无华，保持着田家风味。目前的“主酿人”多是老妈妈。我认为此类“酿酒人”其实是“国宝级酿酒人”，他们的身份跟诗人类似，他们生产的东西都是神品，都是造化天工。这种酿酒人我们的主政者应该哭着爬着拜着，求他们多酿几坛好酒才对，怎可限制他们呢？酿好酒的手法一旦失传，我们的损失比少掉一个盟友要严重多啦！

李白那人酷酷的，杜甫很记挂他，常写诗来念他，可是李白却并不怎么想念杜甫。终于，这人好不容易总算写了一首诗给妻子，（他的妻子其实也是大有来头之人！）也不肯好好写成一首情诗，只嘲笑她嫁了个酒鬼。

可是，就是这样的李白，居然还写了一首诗给纪叟，那姓纪的老头何德何能可得到李白一整首诗？原来那诗的题目叫《哭宣城善酿纪叟》，内容如下：

纪叟黄泉里，
还应酿老春。（老春指酒）
夜台无晓日，（夜台指墓穴）
沽酒与何人。

原来善于酿酒的师傅是如此令人怀念啊！

而我们的政府却叫善酿者少酿点酒，实在是不通之极啊！

说来，金门马祖如台湾的岗哨，一向备受辛苦。近年转型，让他们发展观光，但发展观光却又不准他们好好酿酒，实在说不过去。

有人说马祖多美女（特别是东引岛），可能是和马祖古来常为海盗驻扎地有关。海盗抢了女子来，多半抢美丽的，这些美女的后代自然也就是美女了。至于美酒是不是也是海盗文化的一部分，就不得而知了。

世上的美酒之垒，大概都在农业区，该处或产葡萄或产高粱，总之，你必须有物可酿，就算汉族人看来奇怪的马奶酒，你也必须先养起大群马匹。可是，马祖什么都没有，马祖是个军事基地，马祖并不产糯米，所以只好靠台湾糯米。马祖在酒世界里唯一可以自豪的大概就是他们祖传的好手艺加上好酒曲了。当然，冷冽干爽的天气也帮了大忙，那是老天的恩惠。

这样的美酒之岛，一家子该酿多少酒呢？这种问题与其去问法律条文不如去问诗人，中国自古以来就流行一句“有诗为证”的话，我于是静下心来翻读唐诗和宋诗。

为酒说话的诗当然极多，我挑了其中的三首，第一首是晚唐温庭筠的《醉歌》，其中两句是：

> 锦袍公子陈杯觞，
> 拨醅百瓮春酒香。

（“拨醅”也写作“酦醅”或“泼醅”，这种酒其实就是马祖之酒，此事以后再讨论。）

第二首是宋代诗人郑侠的《示潮州妹子》，之所以选他，有两个原因（其实有关酒的诗，陆游写得更多，也更好）。第一，他虽祖籍是河南，后来入了闽，就变成福清（福州）人了，他跟台湾或马祖岛的关系就多了一重。第二是他家老妹嫁到潮州去，潮州是许多台湾客家人的祖籍，此人跟台湾的因缘就更多了。郑侠的妹妹想来是个酿酒好手，老哥便厚着脸面去赖皮跟妹妹讨酒喝。那首七律的末两句是这样的：

美酒年年须百瓮，
好从南海便乘船。

听来好笑，这位哥哥不单指名要酒，而且还要上一百瓮，而且预约以后年年都要，而且还指定从南海乘船的路线，来个“宅急便”。

第三首是宋代的李涛所写的《春社日寄李学士》。“春社日”要解释一下，社日是指土地神的祭祀日，一年中春有春社，秋有秋社，春社是指立春以后第五个戊日，秋社则指立秋以后第五个戊日。春社一般在阳历三月底。李涛的诗句如下：

社翁今日没心情，
为乞治聋酒一瓶。

社翁是李涛的字号，“治聋酒”是个有趣的传说，相传如果喝了社日的酒就能治耳聋之病，想来是些爱喝酒的糟老头子想出来的谬说。而李涛给朋友写诗抱怨，意思是说：

老朋友啊！你身为翰林学士，有按月发给你的内库酒，怎么不分一瓶给我啊！（既可转手赠人一瓶，可见李学士得到的酒不少。）听说社日饮春酒，可以治疗耳聋，老夫我急着喝他几盅呢，一时等不到，害得我的心情都好坏哦！

从诗人看来，好酒是该酿它一百坛的。

一百坛，勉强合乎美酒之公理。

而马祖岛奉地方政府之命只准酿一百升，这跟实际需要简直相差百倍，我忍不住要为善酿的马祖“酒国达人”请命。

让善结佳果的荔枝树想结几公斤就结几公斤吧！

让善于吟咏的诗人想写几首诗就写几首诗吧！

而绝色的女子要犯几次美丽的错误岂不该由她自便？（哈！这一句是限制级，七十岁以下的美女请不要看，看了倾人之国或倾人之城，或害人辞职谢罪，岂不天下大乱！好在于人口结构中，美女这种“变种人类”久久才出现一尊。）

让绝妙的酿酒人能酿几坛便酿几坛吧！

到山

辑二·愁乡石

六桥

——苏东坡写得最长最美的一句诗

这天清晨，我推窗望去，向往已久的苏堤和六桥，与我遥遥相对。我穆然静坐，不敢喧哗，心中慢慢地把人类和水的因缘回想一遍。

大地，一定曾经是一项奇迹，因为它是大海里面浮凸出来的一块干地。如果没有这块干地，对鲨鱼当然没有影响，海豚，大概也不表反对，可是我们人类就完了，我们总不能一直游泳而不上岸吧！

岸，对我们是重要的，我们需要一个岸，而且，甚至还希望这个岸就在我们一回头就可以踏上去的地方（所谓“回头是岸”嘛！），我们是陆地生物，这一点，好像已经注定了。

但上了岸，踏上了大地，人类必然又会有新的不满足。大地很深厚沉稳，而且像海洋一样丰富。她供应的物质源源不绝。你可以欣赏她的春华秋实，她的横岭侧峰。但人类不可能忘情于水，从胎儿时代就四面包围着我们的水。水，一旦离开我们而去，日子就会变得很陌生很干瘪。

而古代中国是一个内陆国家，要想看到海，对大多数的人而言，并不容易。中国人主动去亲近的水是河水、江水、湖水。尤其是湖，它差不多是小规模的海洋。中国人动不动就把湖叫成海，像洱海、青海。犹太人也如此，他们的加利利海分明只是湖。

有了湖，极好——但人类还是不满足。人类是矛盾的，他本来只需要大水中有一块可以落脚的陆地，等有了陆地他又希望陆地中有一块小水名叫湖。有了这块小湖水，他更希望有一块小陆地，悄悄插入湖中，可以容他走进那片小水域里——那是什么？那是堤。

如果要给“堤”设一个谜语供小孩猜，那便该是：

水中有土、土中有水、水中又有土。

苏堤、白堤便是经两位大诗人督修而成的“诗意工程”。诗人，本是负责刺探人类心灵活动的情报员，他知道人类内心的隐情密意。他知道人类既需要大地的丰饶稳定，也需要海洋的激情浪漫。于是白居易挖了湖又筑了堤（农人因而得灌溉之利，常人却收取柳雨荷风），后来苏东坡又补一堤。有名的白堤、苏堤就是指这两条带状的大地。

更有意思的是，有了长堤之后，有人更希望这块小土地上仍能有点水意。于是，苏堤中间设了六道桥，这六道桥的名字分别是映波、锁澜、望山、压堤、东浦、跨虹。桥有点拱背，中间一个漏洞，船只因而可以穿堤而过。如果再为“六桥”设一道谜题，那也容易，不妨写成下面这种笨笨的句子：

水中有土、土中有水、水中又有土、土中又有水。

这天早晨，我呆呆地望着这全长二点八公里的苏堤。由于拥有六座

桥，刚好把苏堤分成七个段落，算来恰如一句七言。啊！那一定是苏东坡写得最长最大的一句七言了，最有气魄而且最美丽。

苏堤因为是无中生有的一块新地（浚湖而得的最高贵华艳的废土），所以不作经济利益的打算，只用来种桃花和杨柳。明代袁宏道形容此地，说："六桥杨柳一络，牵风引浪，萧疏可爱。"苏轼的诗也说："六桥横绝天汉上。"如果你随便抓一个中国人来，叫他形容天堂，大概他讲来讲去也跳不出"六桥烟柳"或"苏堤春晓"的景致。六桥，大概已是中国人梦境的总依归了。

我自己最喜欢的和六桥有关的句子出自元人散曲：

> 贵何如，贱何如？六桥都是经行处。（作者刘致）

对呀，在春暖花开的时候，难不成因为他是某主席或某部长，就可以用八只眼睛来看波光潋滟吗？不，在面对桃红柳绿的时刻，我们都只能虔诚地用两腿走过风景，用两眼膜拜，用一颗心来贮存，如此而已。

绝美的六桥，是大家都可以平等经行的，恰如神圣的智慧，无人不可收录在心。眼望着苏东坡生平所写下的最长最美的一句诗，我心里的喜悦平静也无限华美悠长。

西湖十景

如果有幸到杭州的西湖去玩，如果有幸，站在一个视野最好的角度，请问，你能不能放眼望去，把西湖十景，都收到眼底呢？

答案是：“不能！”

为什么？

世上没有一个景致可以在一刹那间得到它全部精华。请问，你怎么可能同时看到“平湖秋月”和“苏堤春晓”呢？那至少需要用掉一个清凉美丽的春天早上，和一个幽静深远的秋天夜晚，才能欣赏到的。至于“柳浪闻莺”和“断桥残雪”在时间上也是绝对不可能同时兼得的景致，“雷峰夕照”和“三潭印月”时间上虽然相距不远，但毕竟一个在黄昏一个在夜晚，“南屏晚钟”要最安静的慧心才能听到，“曲院风荷”要有风的时候，才能领略。像西湖这种天地钟灵的地方，哪里只是随随便便就可以一眼看穿的？

你要怎样才能探索到比较完整的西湖的美呢？答案是，时间。

不管你多么有钱，不管可以坐怎样的交通工具，不管你身后跟着多少侍从，你仍然没有办法在欣赏“平湖秋月”的同时看到“断桥残雪”。

西洋人有一句谚语说：

“即使上帝，也不能在三个月里造出一株百年橡树。”

更确切一点说，恐怕是上帝不喜欢一株速成的百年橡树，连上帝也喜欢按部就班地用百年的岁月来完成一棵百年橡树呢！

丝路，一匹挂红

曾有一行脚印，带着东方的紫气西向而去，一路走，一路走，竟走出一条丝路来了。

旅行者仰脸看星空，星空里流过清浅的银河，而丝路是地上的银河。一路流泻着柔柔的丝光。从长安，流过酒泉，流过敦煌，流过波斯，流到地中海，流到罗马……那条路是东方和西方少年时代的恋情，他们彼此乍惊于对方的美丽丰富，他们探索着，想更了解对方。那条路是一条不受干扰的热线，一往一返，一返一往，叠起他们互换的黄金珍宝，以及信息。那条路是一条感性的相“思”路，那条路是一条知性的“思”想路。

那条路令人虔诚，每一个奔走于这条路上的人都是玄奘，他们都是取经人。他们也都是送经人。当然，你可以说他们是商贾，但他们却是传经人，他们把东方送给西方去传诵，他们把西方带给东方去钻研。

那条路是一条漫长的神话路，有最可怕和最艳魅的妖怪，有最荒凉的死谷和最怡人的仙乡。《西游记》该只是那条路上的故事的一部分。

那条路牵起长长的红丝罗，多么长的一匹挂红，东方和西方在艳丽的丝罗下结了姻缘。

春天来时，所有的桑树都猛然绿起来，肥厚的桑叶挂在那里，好一株原料仓库！春天的中国，宅院几乎淹没在桑树丛里。（那好听的，孩子念书的声音从窗口飘出，他们念的是新上口的孟子：“五亩之宅，树之以桑。”）而蚕是最干净的纤维工厂，于是到了暮春时节，每个女子都在缫丝，她们偶或会抬头西望，怅怅地问：

“这一涡丝要留给他们——他们那边又是什么地方？他们也爱穿丝吗？他们的女孩儿长得什么样子？”

在意大利，在阿富汗，那高髻的贵族女子穿的岂仅是丝，那是中国大江南北每一棵春来的绿意，是朝朝暮暮每一双中国女子柔荑下流动的思绪。东方女子和西方女子共用着曾在一个茧头上抽下来的新丝。

但西方渐渐长大，不再是那柔情的少年，他们的爱恋死亡了。西方第二次来的时候是从海上，大船冲开巨浪，犁下深红色的血沟。不是用温柔的旅者的足音，而是用一门又狠又准的炮，轰开了我们的门。中国惊惶地望着那张似曾相识的脸，怎么会是他呢？不错。他不是罗马，他不是旧日的欧洲；但他明明又是他，他怎么变得那么厉害，他的名字仍然叫西方，但他显然不记得那些温柔的往事了，他已经变成另外一个人了，他急切地搜刮，他来不及地把东方的黄金搬回他们的大船。

不再是丝路。我们只见一条血路。

“如果。你不爱我，西方啊，”东方哭了，“你要去爱谁呢？”

“你没有选择，这世上只有一个叫东方一个叫西方的孩子，如果我们不相爱，我们还去爱谁呢？”

“当然，也许你想，你还可以爱自己，但是，当你不爱我的时候，你也同时失去爱自己的能力了，你数着金币，渐渐遗弃自己。你不快乐，你像一只阉鸡一样不断地长肥长大，但你不快乐。

“我们仍然必须相爱，让我们拨开蔓草荒烟，重寻音尘寂然的古丝路，我们要再一次相期相遇，在我们最初约会的路上。让我们仍是年少的孩子，彼此互换着我们宝盒中的珍宝。也许我们仍要卖力地去各自跋涉那万里长路。注视我，发现我的优雅，并且爱我，我们别无他路，我们注定要相爱。”

让长长的丝路仍然是一条披红挂彩的姻缘路。

城门啊，请为我开启

那个地方有个奇怪的名字，叫——“嘉峪关市”。

汽车在三一二号公路上走，两侧是瀚海无限，有时盹了一觉，醒来，也不觉得有异，风景跟刚才还是一模一样，还是眼睫接黄沙，黄沙接眼睫。车子所造成的空间挪移好像不具意义。

原来以为黄昏以前可以赶到嘉峪关看落日的，无奈没有赶上，城门在六点关了，我们去的时候已是八点。

城关了，夕阳却没有关，那永恒的北地胭脂云。我们一行怅怅地站在城门口，想跟守卫打交道，他也不搭理我们。

“我们不走远嘛，只走一百米就回来，我们只要看一眼！”我妥协道。

“台湾来的，都是名人呢——”陪同说，“这位叫‘涨——T一幺——奋’（用西北腔的普通话念我的名字张晓风三字便会念出这种怪腔来）你听过没？”

“啊！涨——T一幺——奋——听过！听过！”

他说着，果真开了门。（大陆版的《读者文摘》，发行三百万份，常转载我的文章。）

盛名，一向是个讨厌的累赘，这次却让我尝到了甜头，居然可以令城门在关上之后又开启。我们一行人都进去了，匆匆看了夕阳出来，一回头，东方的月亮也已经悄悄破土而出。一边是彩霞，一边是初月，大家给夹在两个强势的美感间。一根脖子都不知往哪一边伸才好。

说到嘉峪关的城门，有个故事满凄凉的：传说有一对燕子，很恩爱，它们的巢筑在城内，平日两只燕子一起出外捕食，也一起回家，不料，有一天母燕刚飞进城门，门就关了，追随在后的公燕不幸触门而死。死后的公燕犹不时发出啾啾的鸣声——今日，游人还常在东西二城楼内侧的北墙角下流连，重复做这种实验。只要使用二石相击。城墙角上便会回应一片啾啾燕鸣。

我们何其幸运，可以在黄昏关门之后叫开门，昂然入城。不必做故事里那只碰死的燕子了。

女诗人夏宇写过一首《连连看》，将扉页上排的字眼跟下排的词汇随意联想。如果上排有人出个题目是女人和长城，恐怕下排答案极可能是连上“哭倒”吧。但今天的台湾女子来此，我们不是来哭倒什么，我们来用自己的名字叫开一个城关。

想起千年前诗人高适送给朋友董大的诗：

千里黄云白日曛，
北风吹雁雪纷纷。
莫愁前路无知己，

天下谁人不识君。

那说话的口吻分明是盛唐的自信。

我今被关卒所识，高兴过分，不免有点小人得志的小家子气起来。但两岸关山阻隔，在这边荒的甘肃省嘉峪关，你就算打起连战、黄信介的名衔也是枉然呀！

月亮升得更高，我们在大路边坐下，大漠有几分像海——它本来就是海，广远而有波纹，仿佛在记忆着十亿年前的身世，月亮在此时此地竟像“海上明月共潮生”了。

生命居然可以如此豪奢。

记得有一年秋天，台风过后，跟朋友去恒春的南仁湖，那安详如富春山居的构图使人驻足欲泪。

“我——”我像在向神父办告解，“我觉得有点内疚——”

“什么事？”朋友有点被我吓住。

“似乎有点不该——日子过得太好了，好得太过头了——”

“那——”朋友说，“我回去抄经好了！”

“什么鬼！你以为抄经是补过呀？有好纸好墨好笔好文字供你挥洒，抄经算来仍然是件享受啊！”

朋友一时语塞，那时候，刚好同行的王君在路边用小刀挖开了他一路背上山来的椰子，清凉的椰汁正等着我们去享用，唉！罪过又增加了一项。

我今安安静静坐在沙碛上看月亮，也觉幸福不可名状。这种“山南山北雪晴，千里万里月明”的景致，在古代，是多少悲伤的戍边战士怕看的景象啊！而在现代，那些活不到开放返乡的老兵，恐怕做梦也会梦到这番情境吧？唯有我，此刻一无挂碍，一心一意，只看月亮，人生逍遥至此，除了谢天，你还能再说什么？

第二天，又去看朝日照耀下的嘉峪关，城阙结构严整，跟黄昏时的苍茫相比，又别是一番气象，不禁觉得十分划得来，仿佛一鱼两吃。

重关上有座小楼，小楼的边角凸线上平放着一块不起眼的砖头，这块砖牵涉一段故事：

据说当年监修嘉峪关的官员叫张不信，工头叫易开占，易开占精于计算，预备工料从不浪费。他算出嘉峪关的用砖量是九万九千九百九十九块，如果有误，他愿领罪。监修官员不相信，故意多做一块，等工程完毕，果真多了一块，但易开占把它解释做天意要留此砖做“定城砖”，得以免罪。这故事的版本极多，大约民间版本只在说工头师傅的神乎其技，后来就变成了“劳动人民”和“贪官污吏”的矛盾斗争。我看此砖时，故意哈哈一笑，说：“啊呀，这故事的教训嘛，就是说从资本主义的观点来看，成本计算一定要精确，千万不可浪费成本。”

当然，这话是开玩笑，那砖给我真正的感动其实是对于那修城大匠的感动。工程完成了，世人只见那巍巍城池，但万丈高城原自一砖一石起。只有母亲般的创作者的心才会娓娓向人说起这城的幼年故事。那时候，莽莽黄沙上一无所有，而情节从一块砖垒在另一块砖上开始……

记得去年在北京八达岭上，从城墙的缺口处远眺，不禁为当年戍边的男子悲伤。这小小的一方窗口，古来换过多少双望乡的泪眼啊！山河迤逦，寸寸都是被年轻的眼睛望成惨绿的啊！也许是中原地区的心态吧，他们把河北的山海关叫作“天下第一关”——其实，位在甘肃的嘉峪关也自认是“第一关”。“如果从东往西走，他们是第一关没错，”此地父老坚持，“可是如果从西往东走呢，当然这里才是第一关啦！”于是山海关拥有一块匾，上书“天下第一关”，嘉峪关却拥有一砖一匾，碑曰“天下雄关”，匾曰“天下第一雄关”（相衬之下，仿佛山海关成了“天下第一雌关”似的）。其实考证起来，两关都属明代长城，嘉峪关建于一三七二年，山海关建于一三八二年，嘉峪关早了十年。

今年站在长城的另一头，跟去年相比，所悲的心情忽然不一样了。

城墙一般而言呈一字形，但在重要的关口，往往加上口字形，口字形的空间叫瓮城，是引诱敌人“请君入瓮”的地方。敌人一旦进了口字形的瓮城，石头便如雨纷下，来犯者无一生还。

唐人李颀《古从军行》中有“胡雁哀鸣夜夜飞，胡儿眼泪双双落”的句子，原来胡人和汉人都无非想在这块土地上求一角生存权吧！想当时瓮城上石块砰砰掷下的时候，四溅的血肉岂不也是妇人十月怀胎的宠儿吗？战争使杨柳楼头的江南少妇和胭脂山下篝火堆旁的胡人女子同时成为寡妇。

这瓮城，此刻看来只是四堵合围的安静土墙，容得下祖孙晒太阳，容得下瞎子弹三弦，容得下大叔大婶呼鸡唤狗的寻常土墙。但，这跟整个黄土高原完全同色系的安静土墙，当年却是怎样杀机四伏的地方！

“有一次，他们来这里拍电影，”一路开车的司机师傅忽然发表他的独家资料，“拍到半夜，要开车回去，那车竟然怎么倒都倒不出来，你看，那么宽的地方，奇怪咧，就是倒不出来！后来导演也不知怎么搞的，忽然说要烧香，于是，烧了一大把香——说也怪，车子一倒就倒出来了。”

go

到山中去

听得人毛骨悚然，但不知道那鬼是胡鬼还是汉鬼，是不是午夜的水银灯一亮，六百年前的盔甲照眼旌旗鲜明，戎角悲吟中千军万马皆一一复活，让他们恍然之间以为战况正酣，他们仍是大明天子手下的一员猛将……

城门都有好听的名字，像“光化门”“柔远门”，城宽，可以驰马，所以有斜矗上城的马道。更有趣的是城里还有关城庙，连关公也一起来此驻守了。

城边上，设了一座戏台，不知为什么，站在空空的既不见演员又不设道具的戏台前无端想哭。没有锣，没有笛子，没有弦，没有蟒袍，没有霞帔，没有一支马鞭所代表的千里坐骑。没有一根彩带所甩出的满天花雨，但，那戏台自己就是戏啊！那万里望之不尽的荒天漠地，才是舞台，绵亘不断的祁连山是远方的布景，至于这凡人搭出来的戏台只是一个角色，用他喑哑的声音唱着他自己的沧桑。

林则徐出嘉峪关曾留下这样的诗句：

天山岩峭摩肩立，
瀚海苍茫入望迷。
谁道崤函千古险，
回首只见一丸泥。

大部分的长城，包括嘉峪关这一段，都是由略呈梯形的黄土夯筑（烧制的砖用得较少，往往是用于城楼建筑），看来像早期台湾乡间的土角厝，也像秋收后的稻草堆成麦秆垛。对人类的身体而言，攀城进犯当然极难，但林则徐的诗把天隘之险说成大地上的一小团泥丸也极正确。在那海洋一般的戈壁上，这身高十米的土城明明只是一小丸泥（但是这丸泥，却也从战国而秦而汉而唐而宋明，一代代经营下来）。换个角度看，宇宙洪荒中，这地球也不过是一粒小泥丸罢了。而我，这出于尘土复注定归于尘土的身体难道不也正是一丸泥吗？

祁连山的雪峰一径白着，站在城上远望，仿佛一排高高的浪头，正要扑下这十亿年前的海洋。

但是浪头且慢，在地未老天未荒之前，让我这小如泥丸的人，在这渺如泥丸的城头聊且一站，让我想想这乾坤中旋转如泥丸的大地，让我们在这一霎间相依相傍。

戈壁行脚

大漠，即大沙漠，蒙古语曰额伦，满洲语曰戈壁。广漠无垠，浩瀚如海，古亦称为瀚海。

——《中文大辞典》

一

“你说，我们是不是疯了？”慕蓉转脸问我，当时车窗外约五百米的地方正跑过一群蒙古黄羊，蹄子上仿佛一一长了翅膀，飞快，“顶着这七月中旬正午的大太阳，我们居然跑到这南戈壁的碎石滩上来。”

“对，我们是疯了！”我回答她，眼睛仍不离那上百只的野生黄羊。据说它们有四十万头。

“在内蒙古草原旅行看到黄羊，是表示幸运！”有人向我们解释。

“可是，”有人抗议，“刚才一大早看到两只灰鹤的时候，你不是也这么说的吗？请问有没有什么动物看到了是不顺的？”

解说的人一时语塞，不知怎么接话——我很想替他回答：在内蒙古，只要碰见的不是老虎、熊和豹、蛇那些会伤人的动物就是幸运的。这块土地比台湾大五十倍，人口却只有我们的十分之一，尤其在南戈壁，车行五六小时却不见一人并不稀奇。因此，如果碰到驯良的生物，应该都叫幸运。

黄羊屁股上一圈白，很像小鹿。我起先看它们飞奔，以为它们在躲避汽车。后来看它们跑过了汽车还一直跑个不停，才觉得它们是有点起哄好玩的意思，也许它们正在争相传告：

“今天一定幸运，因为碰上了一辆汽车。”

那群黄羊大概也疯了——乐疯了。

二

“一川碎石大如斗”，唐人的诗是这样说的。

以前总以为诗人夸张，此刻站在碎石滩上，才知道，事情其实是可能的。此地的碎石仅仅“大如拳”，也许是经过一千两百年的风霜雨露，它们纷纷解体了吧？

这样的碎石滩渺远孤绝，四顾茫然若失，人往大地上一站，只觉自己也成了满地碎石里的一块，凝固、硬挺，在干和热里不断消减成高密度的物质。

沙海终于到了。

我会溺死——若我在亿载之前来。方其时也，这里正是海底，珊瑚正在敷彩，年轻的三叶虫正在轻轻试划自己的肢体。而我会溺死于那片黛蓝，若我来，在亿载之前。

而此刻，在同一坐标，我会干涸而死。若我再枯晒一天。背包里只有一瓶水，一包杏脯和几片饼干。只要我在此站上一天，我就会永远站在这里了。

沙上冷不防地会冒出一二具动物的尸体，不知怎么死的，是因为老病或负伤？是由于殴斗和饥饿？看来它们都一样了，安静地侧卧着，和黄沙同色——一半已埋在沙下，只等待下一场风暴把它们掩埋得更深更不落形迹。

生活过，奔驰过，四顾茫然过，在偶雨时欢欣若狂过——这就是那具骆驼或那具马尸的一生吧？不，这就是一切有情有识的生物的一生吧？

死亡从四面八方虎视眈眈地逼视着这片土地，逼视着我向大化借来的这微贱如蚁的生命——可是，就在这水滴下来都会嗤一声冒起白烟的沙海上，居然还长得出一丛丛卧在地上的小灌木。灌木上还结着小浆果，浆果粒大如黄豆，揉开来是黏稠的汁液，令人迷惑不知所解。仿佛有什么魔法师用幻术养出了这批植物。

风吹来，在沙海，我在沙纹间重绘亿万年前波浪的线条，在风声中复习亿万年前涛声的节拍。望着自己明日即会消失的脚迹，感到这卑微的生存和巨大无常间不成比例的抗衡。

沙海上有一块刺猬的皮，C把它捡起来——那小动物的身体已不知何处去了，却只在一丛小灌木前留下那片芒刺戟张的皮。肉体已经销蚀尽了，那护卫着柔弱肉体的尖锐芒刺却空自糊里糊涂地继续执行任务。

go
到山中去

如出鞘之剑，森森寒芒，不知要向何方劈刺。

我原以为C捡拾那片刺猬皮是随捡随丢的，却不料他竟拎回去了。我很愕然，呆呆瞪着那密密麻麻的刺，觉得有什么东西穿心而过。

三

我们躺在临时搭成的蒙古包里。那时，已近午夜十二点。

包有一个拱顶，圆圆的，像罗马城的“万神祠”大教堂。那教学的圆顶大剌剌地开着个大洞，伸手就可以擒来云之白与天之蓝，连飞鸟与天风也是招之即来，挥之即去。那万神祠对我而言远比圣彼得大教堂华美庄严。

而这蒙古包的顶也有一半是开向天空的。

尘沙上有一张薄褥，我就躺在那上面。仰头看天，天上有几粒星，刚好从那半圆形的天窗洒下，因为洞小，容不得满天星斗，但也因为只有那几粒，仿佛分外暗含无穷天机。

如果我能再多清醒一会，我就会看到小洞里的星光如何移位，我就能看到时光诡秘的行踪。然而，我睡去了，我无法偷窥一部时光的演义——反而，在暴露的半圆小穴里，我容整张大漠的天空俯视着我的睡容，且让每一颗经过的星星在窥视时轻轻传呼着：“看啊，那女子和我们一样，她正一个时辰一个时辰地老去。一如我们，有一天一觉醒来，我们都将烟消云散，恰如那一夜拔营的蒙古包，不留一丝痕迹。”

我睡去，在不知名的大漠上，在不知名的朋友为我们搭成的蒙古包里。在一日疾驰，累得倒地即可睡去的时刻。我睡去，无异于一只羊，一匹马，一头骆驼，一株草。我睡去，没有角色，没有头衔，没有爱憎，只是某种简单的沙漠生物，一时尚未命名。我沉沉睡去。

四

“这是阿尔泰山。”她简单地说。

“阿尔泰山。”我简单地重复。

好像没有什么可说的，对，这就是阿尔泰山。李白的诗啊！明月出天山，苍茫云海间。它当然是，它一直就在那里，它一直就是。

我读过它的名字，在小学的教科书里，对我来说，它和“地球是圆的”“1+1=2”都属于童年时代牢不可破的真理的一部分。此时见它，只觉是地理书页里少掉的一页插图，现在又补上了，一切是如此顺理成章。

而这插图却一直展现在车子的正前方，我要怎么办呢？它如此美丽、安然而又不动声色。你的眼睛无法移开，因为广大的荒漠中再没有什么其他的视线焦点了。其实它并不抢眼，像古代恐龙一列长长的背脊，而龙正低头吃草，不想惊人，也不想被惊。四野亦因而凝静如太古。

阿尔泰山。我不知该怎么办。

我若能挥鞭纵马，直攀峰头，我若能逐草而居，驱羊到溪涧中去痛饮甘泉，我若能手拨马头琴，讲述悠古的战史，我若能身肩绫罗绸缎去卖给四方好颜色的女子……是的，我若是草原上的战士、牧人、行吟诗人或商贾，则阿尔泰山于我便如沙地的长枕，可以狎热亲昵。但我不是，我是必须离去的过客。

终于我们下了车，去走“约珥峡谷”。七月的山色如江南荷田，那绿色是上天一时的恩旨，所以格外金贵。野花蔓开，使人不禁羡慕山径上的地鼠，它们把每个小山丘都钻满了洞穴，探头探脑，来看这一夏好景。

山沟的水慢悠悠地流过。

敖包立在路旁。是一堆碎石头叠成的一人高的小丘。

“经过敖包，骑者必须下马，行者必须驻足，顺时针方向绕一圈，然后前行。而且，不要忘了为敖包加一块石头。”

“蒙古人只记得他们是从大兴安岭上下来的，所以到了草原，他们还是想垒个小石堆来思念一下。敖包上方有时会插上许多根树枝，那是象征大兴安岭上的森林。”

原来，一个人在堆敖包的时候，他正肩负着整个民族的记忆！

一只沙雁飞起，羽色如沙，倏忽间消失了。

一路行来，我一直问自己一个问题：“这块土地，究竟是属于谁的？”然而，此刻，我忽然明白，“不，土地不属人类，不要问它属于谁，该问‘谁属于它’，黄羊属它，灰鹤属它，沙雁属它，天鹰属它，地鼠属它，牧民属它，如果我爱它，我也属它……”

五

人在峡谷里走，左颊是山，右眉是山，两者仿佛立刻都要擦撞过来，不免惊心动魄。脚下又每是野花，走起路来就有点蹦蹦跳跳的意味，怕踩坏了一路芳华。生命在极旺盛极茂美之际也每每正是最堪痛惜的时分。

想起昨天在戈壁博物馆里看一支“银龙笛”，笛子镶银，银子打造成龙的形状，但整个笛身却是由一根腿胫骨削成的。

“这是一根十八岁女子的腿胫骨。”解说员说。

“为什么单单要用十八岁女子的腿胫骨？”我问。

“因为，十八岁就死去的女子，腿胫骨的声音最好听。”那解说员回答得斩钉截铁。她是一个大眼睛的女子，她回答的时候并无“据闻”“听说”等缓冲词，仿佛那腿胫骨的声音是她亲耳所闻。

我把眼睛贴在博物馆凉凉的玻璃上，看那致密呈象牙色的骨管。十八岁女子的腿骨又如何呢？从科学上说，十八岁女子是不至于骨质疏松的，但这一定不是真正的理由，真正的理由是——我走开去，一直想。

而此刻在七月的阿尔泰山山麓，在野花如毡的约珥山谷，我仍在想，那管属于十八岁女子银龙笛的音色。我想那声音中必然有清扬和呜咽，有委屈和畅直，有对生命的迟疑和试探，也有情不得已的割舍和留恋——是这一切令人想起十八岁的女子，是某个年代草原上某些牧人对某个女子骤然逝去深感不舍吧？他们于是着手把她装饰成一截永恒的回音。

峡谷如甬道，算不算一管箫笛呢？流泉淙淙，算不算“阳春白雪”之音呢？我行其间，算不算知音之人呢？

峡谷深处竟是幽幽玄冰，千年相积而不化，想此冰当年曾见铁木真的铁骑，铁木真却不能重睹今夕这莹蓝晶闪的冰雪之眸了。六十五岁，大汗在围猎野马时从坐骑上摔下，从此他自这漠漠草原上消失。而积冰却千年万年，在山谷的曲径深处放其幽幽的蓝光。

牦牛在吃草，地鼠作其鼠窜，溪在流，阿尔泰山（原文系“有金之山”）仍然炫耀着夕阳的赤金，“杭盖”（原文指有山有水之处）仍然很杭盖。这一切，好得不能再好。七点了，天仍蓝，云仍白，不安的沙雁仍飞来飞去想找一个更安全的草丛，草原上的夏天有用不完的精力，即使到九点钟，亦仍有堂堂皇皇的天光。

六

第一天，黄昏微雨，戈壁上出现了长虹——那样绝对的平面加上绝对圆弧，几何上最简单却又最慑人的美。而我没有带照相机，于是稍稍有些后悔。第二天，没有雨，因此有艳丽的夕阳，于是，我又有些后悔。

但是我还是坚持不带相机，对环保而言，照相多少是一项污染。如果真有艺术杰作，或者可以稍稍弥过。但我又是个极端蹩脚的摄影人，不如去借别人的来加洗。何况我一向啰唆，旅行起来，连咖啡都带着，能勒令自己少受相机的打扰也总是好事。

由于没有照相机，我也许只能记得很少，我也许会忘记很多。但我已明白，如果我会忘记，那么，就让能记住的被记住，该遗忘的被遗忘。人生在世，也只能如此了。

——夕阳仍浮在山上，我们傻傻地坐在草地上，连一向拍照最忙碌的H也安详地抱膝而坐。

“快拍呀！”有人催他。

“不，不要拍夕阳，”他神秘一笑，“我干过太多次这种事了。每次看到夕阳漂亮就拍，拍出来，却不怎么样。下一次，又看到，又拍，洗出来，还是不怎么样……现在，不拍了！”

他一副“上当多了”的表情，我忽然不后悔了，了解真正碰到大美景的时候，有相机在手跟没相机在手一样无助。

“总不能什么好东西都被你拍光了！”我的语气仿佛有点幸灾乐祸似的，“上帝总还是留一两招是你没办法的！”

七

我对歌者布鲁博·道尔济说：“给我们唱一首歌吧！”那时候我们的车子正驰向归途，夕阳尚衔在山间，“给我们唱一首跟马有关的歌，好吗？”

“啊！蒙古的歌有一半都跟马有关呢！”

我从没想到，原来只打算提他一下，好让他比较容易选一首歌，不料竟有一半的歌都和马有关。

道尔济是文化协会派来与我们同行的，他办起事来阴错阳差，天昏地暗，可是他只要一开腔唱歌，我们就立刻原谅了他。他使我们了解什么是“大漠之音”。和西南民族比较，西南民族是“山之音”，其声仄逼直行，细致凄婉。草原之音却亮烈宏阔，欢怀处如万马齐鸣，哀婉时则是白杨悲风。

“你们是两条腿走来的，”歌手说，“所以也要学会两首蒙古歌带回去。”

奇怪的逻辑，但我们都努力地跟他学会了一首情歌。

车在草原上疾驰，也算是一种马吧。布鲁博·道尔济真的唱了一首骏马的歌，新月如眉，俯视着大草原。

我把整个头都伸向车外，仰看各就各位的星光，有人警告说：“不可将头手伸出车外。”

怕什么呢？整个南戈壁千里万里的碎石滩上，就只我们一辆车。没有电线杆，没有路，没有人，这伸出来的头颅唯一会撞上的东西只是夹着草香的清风罢了。

八

他们在溪畔生了火。我们到达的时候只见他们不断地找些拳头大的溪石来烤。烤到石头开始发红，他们就在一个密封的锅子里丢了一层羊肉块加一层石头。再一层羊肉，再一层石头。然后锅子密封，放在余火上，大家微微摇动那锅，好让锅里的石头不断去烫肉，大约半小时吧，肉就熟了。

开了锅，先把石头夹出，石头先遭火烤，又被羊肉汤浸，弄得乌黑油亮的，每人发一块，放在手心里，因为烫，只好在左右手之间抛来丢去，据说这是活血的，于身体大有好处。戏罢石头才开始吃肉。肉锅旁还有一桶溪水煮的粗茶，倒也消渴。大伙儿就大碗茶大块肉地吃起来。

前两天，宴客的桌上有一瓶法国白葡萄酒，当时大家都被极烈性的伏特加镇住了，C眼尖，叫我把这瓶葡萄酒留着。此刻拿来泡在溪水里，不一会就冷沁入脾了。当时靠着山壁还铺着一张大被子，大约是六尺乘十五尺吧！其实不是被，是蒙古包外围的围毡。大家或坐或倒，喝一口半口葡萄酒，吃刚刚宰杀刚刚焢熟热的蒙古种土羊（内蒙古人亦认为“洋种羊”较腥膻），这种大尾羊极其纯正鲜美。溪水在峡谷间流，云则在峡谷上飘，世上也竟有这种好日子。

“这是成吉思汗餐，”当地人解释，“成吉思汗出征前都是这样吃的。”

其实用这种热石头来烫热的煮法跟台湾乡间“焢番薯”的道理相近，出征前这样吃倒是对的，行军伙食总以简便实惠为上。

此刻我们并不要出征，却也享尽美福，不禁愧然——然而生命中的好事都是在惶愧中承受的吧？我没有开天辟地，我没有凿一条溪或种一朵野花，我不曾喂一头羊酿一瓶酒，却能一一拥有，人在大化前，在人世的种种情分前也只有死皮赖脸去承恩罢了。

啊！不知道生命本身算不算一种光荣的出征？不知道和岁月且杀且走边缠边打算不算一种悲激的巷战？与时间角力，和永恒徒手肉搏，算来都注定要伤痕累累的。如果这样看，则大英雄出征前这一锅犒军的“贺尔贺德”（指带汁焢肉），我或者也有资格猛喝一口白酒而大嚼一番吧？

不是游记

不能放弃的酸疼

既没有看见什么依山而筑的别墅，也没有看见什么衔尾优游的小船。倒是那么巨幅的汽水广告，在猝不及防中跳进了视线，心中便突然像饮了那满杯冒着泡子的辛辣，无端地悲哀了起来。

然后，飞机才正式着陆，一种乍然沉船的感觉。香港到了。

于是，才看到那一块块比坐标纸还规则的公寓，每一户都晾着些不十分白的衣服，在正午的懒风中待飘不飘的，猛一看，恍惚觉得是某种老屋的窗纸，又破又干地裂成一种败落的形象。

再然后，才在甬道里看到“靠左走”的牌子，两个简单的英文字竟使我在其下呆立了许久，“反其道而行”的世界又是怎样的世界?

满街乱扑的艳阳下，偶见的树色似乎都清新，让人怎么也想不起两年前曾有怎样令人心悸的日子。沿着左，车子开向沙田，诗诗在我的臂上睡了，这城市的彩色不曾投上他的睡睫。

Hart Avenue
赫德道
不夜天
大永安藥行

SEE FAH
RESTAURANT
NEW ISTANBUL KEBAB
TURKISH FAST FOOD
HONG KONG
EB
893

"这湾海，"许说，"就要填起来了。"

我抬眼望那不十分青绿的山，忍不住的悲悯便涌上来，不久后，此处将无山，山都将屈服于铲土机，成为一担担的泥。而水，那又浅又亮的水也将没有了——在一片片的黄泥之下，水将被埋葬。

浅海里的阳光异常地刺目，我转过脸，像避开电影中某个悲惨的镜头。而垂首处，诗诗的午梦清熟，一朵笑意自他的黑睫撇下，他沉重的头压着我，那重量让人觉得多么像乡愁——它压得你酸疼，但你不能放弃。

平稳的路上车子似乎忽然颠簸得不能忍受，满眼的山色一瞬间便模糊了起来。

苦芥

崇基书院是一个小小的山庄，我惊讶于那重叠的绿嶂，和那些隐现的曲径，曲径的低处是我的小屋——那只有两面墙的小屋。小屋的另两面全是白漆的窗，那么怡人地开向大片的草地和海水。

如果只是演讲，只是对着这一带耀眼的绿，三个礼拜又算什么？但如果要负荷乡愁呢？如果要同时思念那条多柳的新生南路与多烟的廿四桥呢？

……

晚餐的桌上有人说："我们这里什么都没有，我们连吃的青菜都是从那边来的。"

我停箸望他，疑惑地指着覆在鲍鱼下的苦芥说："这也是那边来的吗？”

“是的？”

我黯然良久感到方才吃下的那特别的苦味一直苦到趾间。

有生之日，我知道，这乡愁的苦味将永远被反刍。

碎成节的

夜里醒来，半窗昏月，满谷虫鸣。一条黄昏时分明看见在几十米外的山泉，此刻竟响得像在枕上流过的。

客里的愁情到此一起迸发。

草场尽处的火车轧过铁轨，也轧过我不寐的双耳。

“火车开向哪里？”白天，我曾这样问别人。

“往这边是九龙。”一个女孩告诉我。

“那边呢？”

“那边是上水和罗湖——再过去就要到广州了。”

“只要换一班车就到广州了吗？”

“大概是的吧？”

凝视着那黑色的车厢，第一次发觉火车竟有那么沉重，重得竟碎成那么多节。

而此刻，在黑如深渊的夜里，鸣笛是残忍的闪电，裂开席梦思上的梦，裂开长帘下一个孩子均匀的、大提琴般低柔的鼾声。

上水。罗湖。广州。火车。碎成节的。珠江大桥。爱群酒家。多么接近的遥远，多么陌生的熟稔。

火车向北，火车向南，火车永远在辗。

白鸟

早晨十一时，山坡上的小松树刚刚晒干，可口可乐的罐子在地上滚动。我拿起一支笔，想在名片的背面画一幅眼前的水田，却忽然忍不住地哭了。小小的长着小松的小山坡，一口气可以跑完的小山坡，而二十年过去，结辫的小女孩已是母亲，故乡的路却仍遥远。时光渐碎，碎如泪，碎如不能再碎的心。

山色残忍地青着，水牛残忍地悠闲着，一只白鸟残忍地往返于河面。

日光自如飞尘，飞尘自如日光，呛鼻的干燥中，只有深圳河是永不止息的泪沟。八月，饮冰的季节，我的心却只能饮恨，只能饮二十年流不尽的忧伤。

一座漂亮的彩色飞亭可笑地站在山头，亭下站着一个可笑的卖画人，在炫耀那些廉价的油彩。他竟能画出那样橘红的落日，那样缤纷的船影。三十元一幅，或者二十元，山河可以标售，风景可以打折。

笔在手，画在目，泪在两岸临风。风无声，泪无声，画无声，笔无声。唯深圳河，响自受创的肺腑。

走下山径，看见可口可乐在路侧堆叠，我哭了。世上有何物可适失乡者之口，世上又复有何事可乐怀愁者之心。

白鸟在此岸，白鸟在彼岸，白鸟翩翻着古代的翅膀，水牛蹒跚着老式的悠闲，山峦折叠着国画的皴法。有异的是山河，不殊的是风景。

纸片的一面绘着深圳，纸片的另一面是我的籍贯和名字——薄薄的一纸是迢迢的河汉，薄薄的一纸是无鹊可渡的无限远。

二十年，深圳。深圳，悲哀如一痕内伤的深圳。

彩色的游戏

隔着海，望香港的灯火，香港不见，只见一片霓虹。城市是什么？城市或者只是一种彩色的游戏。曾在巴比伦玩过的，曾在罗马玩过的，现在又在香港和九龙被玩了。下一站，历史的下一站又是什么？

弥敦道上，两层的巴士飞驰。人群像千足虫，重复着永远走不完的脚。在人行道上匆匆来去。忽而行在热流中，忽而被大公司的冷气袭中。行人永远不能了解自己是在赤道，或是南极？是在洪荒年代，或是二十世纪？

午夜三点，在朋友家中被吵醒，身在十三层楼上一个最蔽静的房间里，却疑惑是被踩在暴动的人潮之下。城市，城市是什么？是声音的竞技场吗？

不寐时，便想到那天晚上的街景，皇后道上不知何处驶来张皇的救火车，怪异的灯光下，街边的喷泉忽然变色，喷着愤怒，喷着忧郁，喷着寞落，喷着死。而码头上的汽油霓虹广告，把海水染红又染绿，让人想起古老的海战，让人想起血流漂杵的人类史。

不能忘记黄昏时，四起的灯光里，亚皆老街上站着一个发绺如蛇的疯子，颠踬着步履，斜披着褴褛，被贴在一街川流的繁华上，像一个黏错了的手工。

还有那些龙，一条条被塑在大厦门前的，此刻，在午夜三点，不知是否也疲于张牙舞爪，疲于它古老的骄傲。

大厦楼梯间的白纸，在夜色里忽然也特别地璨明起来——大厦是另一种破庙，在逃荒的年代。楼梯是床，纸是褥，希腊哲人的木桶到此也成了负荷。城不寐，我亦不寐，相对的清醒中唯彩色在周流。在永无止息地玩着渐渐疲乏的游戏。

山

有一天，没有太阳也没有雨，天空严肃地灰着，大学对面的那座山好像才突然有分量起来。丽日高悬的日子，我只感到它的快乐怡人，晨雾如纱的日子，我只感到它的空灵缥缈。但在这样黯然的阴天，我才忽然发现它那种悲剧性的庄严。对着山，我第一次向这个城市倾出我的爱。

那时候，才想到这个城里必然有许多忧愤的忧魂，有许多泪，有许多澎湃的血脉。我不知道他们住在哪一座木屋中，也许夜来时，他们同样地飘流在弥敦道的人潮中，我分不出他们的脚步。但我知道，在灯光之外，在层楼之外，在栉比的橱窗之外，必有一些有价值的灵魂，如同在海底的荒凉中，也有沉船中古美人的红玉。

任滨海的比基尼戏水，任港外的舴艋舟冲浪，山只一味地沉默。山在太平的景象之外，山在繁华的画面之外，山很怆然，山很傲然。

山的线条缺少柔和，山的颜色不够明朗，在这严肃的阴天。山郁郁结结，如同深夜里被抑压在心底的哀歌。但山使我爱这个城，山使我想起那些陌生的灵魂，山使我想起那些不瞬的望乡的眼睛。

吊颈岭

所谓调景岭，据说原来是叫作吊颈岭的。

吊颈岭很美，小小的屋子像白蕈一样茂生在绿山坡上。山下是水，水也绿，绿得像旧式的丝绸。让人怎么也想不出二十年来的悲愁。

而吊颈岭，那自尽者的故事，常蹑足而来，在盛夏的窗下呢喃着流浪人的调子。

据说是许多年前了，一个犹太人买了这块地。“这样的山，这样的水，”那犹太人想，“有一天会被珍视的。”

然而，没有，那山那水和那片浓绿竟一直被拒绝。犹太人破产了，他茫然地站在自己的土地上，不相信地摇着头。最后他以一根细绳结束了自己——那失根的犹太人。

自悬是一个怎样的动作啊！一种和泥土隔绝的死亡又是怎样的死亡？

人行到山下，行到水湄，竟也能感到那种被扼的痛苦。相形之下，破产已不足为创伤，绳索也不成其为疼痛，背井离乡之后还有什么吊挂成其为吊挂？

那天中午，餐厅里打起“生猛海鲜”的大字，心中便涩然地像被粗砂纸磨过一般。生猛，什么海鲜还能生猛？在离水之后。低首看自己，和同行的，不曾踏上过故土的诗诗，二十年的凄楚便一下子翻涌而至。想起那天在一家水果店里，正满心愉悦地望着那些澳大利亚的、美洲的漂亮水果，一旋身间却在一个不惹眼的大竹篓里发现“新鲜南京百合”的标签。忽然，百合羹的记忆便那么准确地来到舌尖，南京城的夏从看不见的角落拼凑而来。但最令人不能忍受的还是百合根上的那一团湿泥——像是用什么人的眼泪和过的，那么湿、那么黏，那南京城的黑泥。我曾在其上躺过的，我曾以之做过手工的，南京城的泥。一霎间，我急急地转身而去，觉得自己像一头被追赶的猎物在千山间踉跄。

有何海鲜能生猛？在离水之后。有何人能安然？在离土之后。吊颈岭，使乡魂黯然的又何止是这一岭？使旅思沸滚的又何止是这一岭？

吊颈岭，遥远的自尽者的幽泣在群峰间回响，流落江左的异乡人谁能没有抹颈的剧痛。

香港第二美景

一

水天一色。这是一个好句子吗？是的。好在哪里？好在其间有某种化境，这境当然是由上帝造的，却由诗人来负责解密。

水，本来就有其广大的领域，这地球其实根本上就是一只大水球。陆地，是水泽中浮凸而出的偶然，供一票生物在其上跳踉嬉戏、生殖，并死亡。

不过我们常常忘记水，竟以为陆地才是常态。等偶然看到一面湖或一条河，才仿佛皇族贵胄，忽而想起自己高贵的出身。水是令人百看不厌的美景，百思不解的奥义。

但如果水连着大呢？

天更大，极大的天连着极广的水，怎能不令人悠然意远，宠辱皆忘？水天一色是无穷的平面加上无穷的高度，它雄峙浩瀚令人绝望，却又化身为最柔美最沉静的母性镜鉴。而我孑然一身，面对此情此境，只得弃甲解剑，甘心做宇宙的顺民。

柳永有一句词写得极好（虽然他写得烂的也颇惊人）：

对潇潇暮春雨洒江天

江天一片，千里空蒙，当然是美景，但此句中的“对”字也很重要（在词学中，这个字有个专有名词，叫“领字”，吟起来几乎有些“一字成句”的味道，是一个在声调上作了大力加强的字）。有了这个“对”字，则诗中的我必须和江天一色暮雨罩天的美景对立，仿佛各站天平之两端。一边是江天一色，另一边是“我”。对方那么大，累积的能量那么强，渺小的我如何承接？美是压力，是负荷，是挑战，“我”也就必须把自己变得像石头像沉铅，方能制衡。于是，此刻的我成了极悲郁极困顿的我。

江天一色是无穷无垠，“我”却“有限有极”，江天一色是恣纵恣肆万里无疑，我却是纠结缠累贪恋痴狂。站在水天无际的美景前的我是多么需要救赎啊！

人生需要壮阔的美景，因为我们需要从其中学会壮阔。如果我们住在蒙古戈壁前小帐篷里，晨起出帐四望，浑无端际的沙碛垒向天涯，我们当下也许就懂得什么叫壮阔了。但我们不是，我们从小住在都市里，在红灯绿灯的夹缝中抢着过街，在电梯中侧身贴壁，只求不碰到别人……我们需要有人帮我们造一个咫尺天涯的胜境。

身为建筑师，身为大匠，该为人类做的，不就是这个吗？

二

香港，中文大学，新亚书院，山头有一处美景叫“天人合一”，新亚是由钱宾四先生创校的，这一处美景就用以纪念他。“天人合一”是他晚年常提起的道理。

钱先生是江苏无锡人，钱家不算有钱，却出人才。有名的才子钱锺书算来和宾西先生是叔侄。

钱宾四先生离了香港到了台湾，住在东吴山侧，住处叫素书楼。钱先生的房子是自己出钱盖的，地权却属于台北市，不意在陈水扁主台北市政的时候，因遭出言相辱，钱先生就毅然搬出。想钱先生当年入住，外双溪的山坡地根本不值钱，倒是那房子，据说花了三十万，这一切，我因就读且执教东吴是一一亲见的。当时的达官贵人，如王升、宋楚瑜，也都乖乖前来聆教。曾几何时，流氓治国，学者扫地出门，令人扼腕。

钱先生搬出“素书楼”不久便谢世，骂钱先生的阿扁则一路飞黄腾达成了洗钱、污钱的高手，他的恶业，令人叹为观止。

学者不能终老在自己的书房里，是邪人当权的不幸后果；讽刺的是如今钱先生的故居倒是成了观光景点，活着不能住，死了能以魂魄的身份回家。

倒是新亚书院用一池水去暗通一面海，造成了天人合一、水天一色的机趣，算是还给哲人一个公道。金耀基院长赞美此景说：

“这景，是全港第二！”

“那，哪里是第一美景？”听到的人都自然会如此相问。

“第一还没有。”金院长的话很玄。

第一第二只是数字，且不要去管它，让我们凭一池水去跟大海认亲，去跟天地接轨，去跟宇宙冥合，这才是要紧处呀！

山事

一、山的上游和下游

碧波千里，总有个上游、下游。至于青山翠峰起起伏伏，亦如千仞涌浪，说来也该自有其上游和下游才对。水和山常是一路婉转相随却又如时聚时离的情侣。那么，最后所有的山山谷谷都一路流淌到哪里去了呢？据古人说，是“碣石潇湘无限路”。碣石，就算是中国的山脉之东极了吧！再过去，就是大海了。碣石山原在河北昌黎县，可是沧海桑田，这座山岩，汉武帝还明明去祭过的，却凭空不知怎么的，就沉埋到海平面下头去了。我于是只好把青岛的崂山当作碣石，视它为山脉地势狂奔迷走之余的最后一抹巍然。

然而，反过来说，从碣石或崂山逆流而上，哪里又算是山的源头呢？

于是，从成都出发，我们走过司马相如的“琴挑”，停伫过薛涛枇杷深巷中那漉晒着水红色小条笺的院落，绕过苏东坡竹篁丛生的眉山故里，我们往西方的仙子寄住的山区走去。

二、开国元勋和江南秀士

山在下游，每每化成了文弱的江南秀士，“数峰清苦，商略黄昏雨”。但在山的上游，山势壮甚，如开国元勋，万峦千岭一一皆如天关，垂眉俯视众生，绝对不像中土诗人在诗中所说的“曲折如屏风”，也不像词中说的“秀丽如玉枕”。它是巨龙横路，拔地擎天，连绵不绝。世若无鬼神便罢，世若有鬼神，则此鬼物自己的幻影。

三、得了忧郁症的山?

关于山的汉字，我好奇，便去算一下，共有七百一十九个，其中笔画最多的一个有三十二画，写作巙。咦？山也会得忧郁症吗？看解释，说是“山烟貌”。啊，原来烟岚纷蕴，不单自成一景，也自有一个前人造好的字去专门侍候它、说明它。然而西行路上的山却不多烟，西方的天空特别灿蓝特别晴亮，像绿松石。空气也干爽清澈，仿佛这一片新天新地是新运到新开箱的新货。

和“山部首”有关的字极多极有趣，堆起来也不免自成小山一座呢！中华民族诚然是山之子，海，则是后来才结的缘。例如：

“嶰”是指“性格独立的山”，不跟人拉帮结派，孤零零独站独卧的一座山。

“嶝”是指“有深度的山”，山深起来，真要比“庭院深深深几许”要深多了啊！

“礴”则指“山高”，奇特的是古人还有姓礴的呢！

“巙”是指“曲曲折折的山”。

“嶷”则专门指“湖南的一座山”，这山如“九胞胎”，山山相似，直把人看得糊里糊涂满心生疑，故名九嶷。

“嵚”是“高而险的山”。

“嶽”字更奇特，它是“封了位阶的山”，它负责在东南西北形成四岳，有时加上中央算是五岳，山竟变成中华民族的忠心守卫了。

四、春来山事好

唉，山的事，说不完。刘禹锡的诗中干脆就设“山事”一词（其实《周礼》中就说了“山事”），恰似“心事”“春事”“花事”一样，是因为爱之深所以述之详。刘诗《奉送家兄归王屋山隐居》中有句谓：

春来山事好

归去亦逍遥

山事可以成为一个专有名词，因为山中之事太多了，“山中何所有，岭上多白云”“山空松子落，幽人应未眠”“只在此山中，云深不知处”“共山僧野叟闲吟和”“山重水复疑无路，柳暗花明又一村”……

山和这个古老的民族一向是多么相依相存啊！

五、歌如果这样唱

而一路西行，如玄奘，却并不为去西天取经。不求有所得，但求有所失。只求能把傲慢的心一层层剥蚀，把欲望一寸寸降低。

汶川，劫后之城，羌人寨子、红色哈达、茂县、松潘、麻烈辛香的紫色花椒……阿坝藏族羌族自治州、黑水县、衣着既素朴又艳丽的世故民族同胞……

山路渐高，想来离天已多少近了些，光害少近，星星亮些。此刻是四月，春风骀荡，想看的冰川也一程程近了，想起我的老乡高祖刘邦唱着那首令他自己流泪的歌：

大风起兮云飞扬
威加海内兮归故乡
安得猛士兮守四方

我想这歌如果交给我来唱，其词应如下：

大风起兮云飞扬
文行海内兮归故土
愿得天下健笔兮共写四方

歌如果这样唱，又何须流泪？

go

到山中去

六、因高而寒，因寒而雪，因雪而玉莹冰晶

今天，本来排定的日程是在高山草原散散步。上冰峰，是明天的事，但领队却忽然宣布：

“吃完中饭就立刻上山，今天难得太阳好，明天就说不定了，山上天气千变万化。”

说得有理，山中气象，哪能配合你事先印好的行程表呢？于是大伙动作尽快，不一会，除了身体不适退回旅馆睡觉的，其他的人便都身在山之巅了。

四千米，和台湾的玉山一样，玉山也是因高而寒，因寒而雪，因雪而玉莹冰晶，因而得名的。和此刻的阿坝藏族羌族自治州黑水县的达古冰川相比，真是东西两辉映啊！

山之美，当然不纯然在其高，但境内能有高山且能登其高山，却不能不说是上苍特别的恩惠。沃野千里万里延伸不尽的大平原虽令人惊愕叹息，山高八千米如珠穆朗玛峰虽令人生敬生畏，但能有一座不高不矮，只有四千米的山却是我认为比较可以心许的合情合理的“理想山”。这种山够美、够狠、够冰清玉洁离尘绝俗，却也不致冷到变化诡谲，动不动就冻死人的程度。这种安全的涉险，温柔的折磨，才是常人可以领受得起的福泽。在够高的山上（要叠罗汉的话，要叠两千五百个我啊！）放眼望去，能见千山万壑之匍匐如狂涛，能见远远近近云缭雾绕冰封雪拂之奇幻布局，啊，这样的山水怎能不是造物的圣谕。

冰川之美，有点诡异，上白、下白、左白、右白、前白、后白。一如——唉！一如什么呢——其实它竟比较像数学，如此端整准确，纯粹

无误。一眼望出去，只见群山冰肌雪肠，如此冷艳决绝，像仲尼，不作二色。这才发现，原来冰的透明加上雪的净白竟是可以这般温柔又这般刚烈，这般精明入微又这般无垠无涯。没有山花，没有蝶踪，没有万紫千红，可是单只空空旷旷的白竟也可以如此华丽不可方物，令人遐思不尽。

我原想找个词来形容一下冰雪，却忽而失笑，不对不对，冰雪之美，已是人间感觉和经验的极限，它一向都用来形容别的事物，例如冰清玉洁的人品，冰弦玉柱的琴声，冰姿玉骨的美人或“冰雪聪明”的才子。冰和雪自己则是无法被形容的，唉！所以，放弃吧！

七、我甚至全然不知世上有此冰川

四千米绝顶处有一平台，而我立身其上，头上的雪羽悠悠落下，脚下的雪堆则厚可没膝。此时此刻接下来该做的事好像就是拍一张美美的照片了。照片也许该选背景，大家都选了一块大石头，石上刻着不知什么人写下的“挑战自我”。

挑战自我？我不禁莞尔失笑，我的那个“自我”不怎么样啦，不值得做什么挑战或挑衅。

不错，我是登上峰顶了，可是，这全然不是靠我自己的本领。凭我，我是连世上有此一片叫达古冰川的地方也不知情的啊！还谈什么登山行呢？（哼，说来我所不知道不懂得的还多着呢，何止这一端。）这达古冰川是一九九二年有位日本科学家靠着人造卫星才观测到的。当然，你可以说，这全归功于这位日本人。不过，凭良心说，难道他不也仗着背后那些“造人造卫星的”另一批精英吗？人类整体文明少说也有五六千年了，我们自己的民族从汉唐盛世算起也有两千年了，什么互砍互杀互斗互诈的把戏也都玩过了头地在玩着，却居然连自己身边山纡水复处有此一绝美仙境都浑然不知，唉！也真是败家子一群啊！

我既不知此仙境，也算孤陋寡闻了（好在孤陋之辈为数众多，我倒颇不寂寞），我是靠别人整理出来的信息，靠别人辛苦修筑完成的山间公路，才能安坐旅游车到此一游的。人类活着，一年三百六十五天，一天二十四小时，哪一时哪一刻不是靠天恩地惠以及他人的智慧劳力才活下来的，哪有什么“挑战自我”的荣耀——至少我就没有。

况且我于二〇〇五年罹患大肠癌，于是动了手术，切掉五十厘米的肠子，然后又侥幸活了下来，息视人间，我靠的全是天地间的一丝垂怜啊！——而为我开刀的林医师，他自己也有诸多毛病，全身开过不下十次刀，当然，他虽手术高明，但自己身上的手术可都是别人动的刀。

且我又有血压高的毛病，如果不是靠近百年来的医药进步，恐怕早已中风或死亡。哪来什么本事去挑战什么什么冰川绝顶？加上这两天吃了“红景天”高山药，可以表面看起来活蹦乱跳，其实恍如小儿坐轿——看景全仗着别人的身高。

说起来，我想感谢的还有那些草原上的牦牛呢，没有它们美味的肉，我哪有今天爬山的能量，当然，还有红菇汤，还有核桃花须须……对了，还该感谢我的牙医，否则美食当前，七十二岁的我却也没本事消受啊！

何况，我今日登山，并不像攀岩专家，在岩石上钉钉子、拉绳索，我们是直接坐缆车上来的，什么力气也没花。而缆车，是澳大利亚的公司做的，我不过坐享其成罢了。缆车，这边叫“索道”，这名字挺好，简直像“求索真理”一般诗情画意。

下了缆车，走不到一百米，就是峰顶了。厚厚的积雪虽令人脚趾稍觉僵冷，但我却有四只脚，另外两只是轻便的登山杖。“杖”，这个字也忒好，我就是处处“仗”着别人的劳力和智力，才能有此壮游啊！

八、《中庸》，自己蹦了出来

如果不是“挑战自我”，那么，什么才是我此刻的心情呢？有十个字立刻浮出来，那便是：

行远必自迩，登高必自卑

对啊！对啊！当我行到远方，
才知道自己的深浅和短长。
当我爬上了高冈，
才知道自己没有理由张狂。

咦，奇怪，这是什么地方冒出来的句子，哦，对了，是《中庸》。我此刻分明并没有去想什么《中庸》，是《中庸》自己蹦出来的。奇怪的是，两千多年前的句子怎么形容我此刻的心情竟是如此贴切！

不过，如果容许我和《中庸》里的仲尼对话，我会再加衍伸：

或在平面上走长长远远的路

或在三度空间里争取辛苦的垂直攀高

如果这些都能有助于自我终于懂得谦抑

（前者，属于数学上的比例问题）

那么一朝面临冰崖雪湖的无瑕无疵

让我也懂得什么叫自秽自惭和自澄自清吧！

（后者，是化学上的质变）

九、那些轰然矗立在大地之上的惊叹号

十年前，去过黄山，对那句“黄山归来不看山”的说法，只能“不赞成——却原谅”。（对他人真心且偏心的爱情，不是都应该加点原谅吗？）但我自己的说法却是，正因为从黄山归来，正因为嗜美已成瘾且入骨，让我有生之年能一一拜谒那些远远近近的山，那些轰然矗立在大地之上的惊叹号。

唯一憾事是，达古冰川太美，我记忆追述时，老觉得不踏实，就算有照片为佐证，我仍有几分疑幻疑虚。心想，那会不会只是我二〇一三年四月仲春的一场介乎无痕与有痕之间的春梦呢？

到山中去

辑三 · 交会

在D车厢

一、无声

十年前，2005年，全家四人去了一趟英国，为了省钱，也为了喜欢，我们选择火车作为交通工具。

我爱火车，虽然并没有爱到像某些人那种成痴成狂的程度，但“火车”好像常跟重大记忆相绑，不像搭公共汽车，坐完了就忘了。生命里的“要事”如逃难，或北上就学，都是坐火车去的，我难免对火车有一份特殊情感。

英国火车干净准时，座位敞亮，不豪奢却舒服，乘客看来也都彬彬有礼，连车站也很好——而所谓好，就是车站里面该有的就有，不该有的就没有——虽然，那一年发生了可怕的国王车站的屠杀案，我还是不改初衷深爱英国火车。

但我真正爱英国火车其实另有一个奇特的缘由，原来在它一节一节一节一节的绵长承载里，制度上竟然会划出一节“D车厢”。这节D车厢乍望之也并不特别，不料它却有一条比法律还有效的规定，这条规定便是：

“凡选择坐在此车厢的乘客，一律不许发出声音。”

呀！不准跟同行的人聊天，不准听音乐，不准打手机，这简直像天主教的“避静”，又像佛教在“打禅七”。不过，却不禁止你跟白云打手语，向田野上的一捆一捆的干草垛举手致敬，或者跟淙淙流过的小沟小溪暗通款曲，甚至一厢情愿地跟横空而过的鸟群眉目传情，或者低头写一首诗——翻动纸张所造成的窸窣声不在噪音禁止之列。

我们于是选择买D车厢的票。

二、没有生活的小锉刀来锉你

如果世界上每个城市都有火车，如果每列火车都设有一节D车厢，如果载着我的不只是车轮车轨，也是幸福的D式的无边的祥宁安静——那，真是多么好的事啊！

火车，是英国人的发明，此事好像应该要大大佩服一番——不过，不知怎么的，我好像也不觉得这事十分了不起。

比较了不起的应是火车之前的蒸汽机的发明，更令人惊心动魄的则是有了火车之余，整个铁路网的规划建设和经营。当然，公路和地铁和高铁和海底隧道或飞机场或航线也都各有其大创意大功力，可是，没出息如我，却单单最佩服英国火车中的D车厢的制度。

D车厢有多伟大？也不过就是不准人讲话罢了。自己一个人跑进深山里，不也就立刻拥有“宁静权”吗？可是，很难，“空山不见人，但

闻人语声”，或者，“古木无人径，深山何处钟”。原来占领一个空间，不见得能霸住那个空间里的“声音权”。华人惯于聒噪热闹，所以连神明出巡，都得打着“肃静”的牌子，劝人别说话别吵闹。其实就连我们自己，也不太让自己的耳根闲着，所以即使“独坐幽篁里”，居然仍不免“弹琴复长啸”，也不知是不是为了壮胆？

这样说来，除了别人，我们自己也常是破坏安静的高手——因此，规章、制度或者默契便有其必要了。生命中多么需要用规条来维护某一小区的安谧与清寂，如D车厢。

在熙熙攘攘的人群中，坐着，不理陌生人，甚至还可以不理会自家人，D车厢是多么神奇的好地方啊！想想，为了家人，一个女人一生要说多少啰啰唆唆的废话啊！但此刻，你不必回答任何话，因为任何人不得提问。

家人对话，原也是好事，但在“父慈子孝兄友弟恭”之余，不免牺牲了独立深思的空间。爱因斯坦如果不断被问“水电费缴了没有？”或“奇怪呀！我的袜子怎么少了一双？”或“下礼拜王家嫁女儿我们要送多少钱？”，世上就没有《相对论》了。而此刻，在D车厢上，生活的小锉刀不会来锉你，你可以放心让思考迤逦独行，并且安心整理自己。

三、莎小妹和苏小妹

我选择在皮包中带几张小纸片，可以随手记录一些心情。另外，则是我的老招——看书。我挑的是张秀亚译的维吉尼亚·伍尔芙的《自己的房子》，此书以前已看过两遍，此刻带它，如偕老友结伴上路。百年前的英国女作家的经典作品，能在英国的风景线上来三番阅读，真是别具滋味啊！我又刻意去了国王学院，想走走当年那片不让女人踏行的草地，并且还想在六十四年前的初春三月底(伍尔芙死于1941年，距我十年前的英国之旅是六十四年)，她留下遗书，在衣袋中装满沉甸甸的石头，毅然一步步走入碧涧急流，执意只求灭顶。她步履轻稳坚定，一如在作黄昏时的散步……

然而，在D车厢里，在家人在对面坐着却不准互相对话的绝对宁静里，我何等珍惜这段硬挖出来的“空白机缘”。我可以坐在字里行间和伍尔芙倾谈，理直气壮，而不受任何干扰，我们谈起女子在这个世界上的生存空间的困厄，谈男子几乎永世不得探知的女性的哀怨和窃喜……

她那有名的“如果莎士比亚有个妹妹”的假设，令人心酸复心恻，也令人想起在英国既有个“莎小妹”，我们也有个“苏小妹”，这两位“小妹”有得拼！啊，这里分明有一篇论述可以写……咦，灵感不就是在这样的定静中产生的吗？(后来，我果真写了这么一篇《莎小妹与苏小妹》的文章。)

那个奇怪的弗洛伊德，他以为女人的诸多焦虑或神经质或终日若有不足，都是因为身体上少了一具“那话儿”。唉，真是怪事啊，他那不合逻辑的脑袋难道就不能想想男人是不是因为少了子宫或阴道或乳房，才每每那么狂悖暴烈呢？

除了读伍尔芙，读旧诗也是个好主意。人在旅途，厚籍大册带了会累垮人，行囊只宜放它轻轻薄薄一二册书。诗集，如心灵世界中的行军干粮，又如乳酪或牛肉干，浓缩紧致，美的密度比较高，耐得咀嚼也耐得饥——但诗集也只适合在D车厢读，如果搭乘的是聒噪的游览车，导游下死劲努力劝人唱歌、讲笑话，他自己也努力让众人耳根不得一秒钟清静，他甚至认为必须如此这般，才庶几无愧于其神圣的职守。可怜你正想着如何把一句李贺的驰想兑化成现代诗，那边却冒出一堆“插嘴”的人，插科打诨，不一而足。在台湾，为了宣示族群平等，许多车厢中会“自动”跳出四种广播语言(三种华语，外加一段英语)告诉你“台中到了”。这还不打紧，有些车厢更是服务周到，他们不厌其烦地好心相劝，请每位乘客生活中务必要小心诈骗集团，不要上当了。这些公司对顾客的殷勤，真是令那些想好好阅读并思索一首唐人绝句的人欲哭无泪啊！

四、他肚子里的故事才只说了二成

人在英国旅行，能够多想英国文学的事，身为华人，通多国语言的人不多，我们“觉得相熟”的西方作家一向就只有英国人或美国人。火车在伦敦或约克郡奔驰之际，我除了想到伍尔芙，也想到写《坎特伯里故事》的乔叟，前者是近代人，后者的书则成于1399年。我于维吉尼亚·伍尔芙除了佩服她的作品之外，别有一种幽微的悲悯和认同，原来她投水自沉之日［详细时间很难计算，因为只知吴氏“留书离家”(3月8日)之际和“尸身浮出”(4月中)之时，这几天中她是哪一刻死去的则又是个谜，推测应是三月底］，也正是我在中国南方的浙江金华城呱呱坠地之时。

这《坎特伯里故事》也是个令我悠然意远的集子，1399年，算是英国文学的滥觞期，而这个时候在中国早已是唐诗也诗过了，宋词也词过了，元代的散曲和戏曲也闹闹腾腾地曲过了。此刻早已是明朝的天下了——但用英文写的文学才刚刚起步……

大概因为文学刚开始，书法颇有草莽气息。故事从一个旅行团出发开始讲起——古代原没有什么观光旅游团可以去四处游玩，如果以中国为例，上焉者则是皇帝去泰山封禅，下焉者是官员调远或遭贬。此外，可以去天下四方乱走的则是士兵戍边或僧侣化缘以及“重利轻别离”的商人在走东闯西、买货卖货。偏偏在这堆古人中有一支队伍是“进香”或“朝圣”的，坎特伯里便是写些朝圣者在“慢慢长途”的旅行中(当时也非慢不可)，各人编些故事以自娱娱人。这一开讲，便没完没了，简直要说到地老天荒。后来，作者死了，故事戛然而止。他本来计划要让30个朝圣者每人讲4个故事，一共凑成120个故事。可是，天哪，他才写了24个故事，就从自己的“人生朝圣之旅途”上消失了，书才完成1/5呢！唉，我其实多么好奇乔叟另外80%的纷纷纭纭的故事到底要说些什么呢？

故事中大部分的朝圣者当然是男性，却有修女和修道院的女院长——修女去朝圣，这事算顺理成章，这其间却冒出一个来自巴斯地的大姐头，在书中她就叫巴斯妇人。

五、遇见我冥想中的巴斯妇人，在无声的D车厢

因为D车厢的凝定闲静，我遂想着这位妇人，和她的故事，当时，700年前，春天乍到，她将故事坦坦白白地道来……

这D车厢，只因为它是人类声音的禁区，我因而可以好好想一些平

常少碰的事情，例如——女性议题。

《坎特伯里故事》的作者乔叟本是个说故事的高手，他最有趣的地方在于他先写活了朝圣团中的各色成员，然后才请他们各自开口说故事，像巴斯妇人，她“自报家门”的段落，长到比故事还长两倍呢！甚至还比她讲的故事更精彩更劲爆。

在中国，好像不容有巴斯妇人那种女人，她美丽、肉感，敢做，而且做完还敢直说。中国这种女人如果有，也只能寄身江湖做个大姐头，时不时发声宣布自己：

“哼！老娘胳臂上好跑马！”

巴斯妇人五嫁，并且还很自豪，因为前三位丈夫都由她荣任“高酬收尸队”。她投资短短几年光阴，竟然连赌连赢，赚到三份丰厚的遗产，她真是克夫的高手啊！而且，她似乎还有家学渊源，她的老妈也满腹经纶，知道如何操纵男人。

有了钱，她不再受委屈自己去再嫁“老夫”了，她开始嫁“少夫”。少夫当然也有少夫的麻烦，第四个丈夫虽不老，也在她某次朝圣远游时在家里“自行陨灭”了。不过截至说故事的那个春天，她在大打出手几个回合之后，虽然被打到耳聋，但却终于让她在第五任期中占了上风，搞定了比她小二十岁的丈夫，简直是莎剧《驯悍记》的反面版本。

巴斯妇人如果生在今天，大概是个“妇运分子”。她也可能走商业路线，到处演讲，传授“理财”和“御夫”两种高科技而名利双收。

巴斯妇人虽粗俗彪悍，但口条清畅有理，论事引经据典，俨然大家风范，想来那五个丈夫也不是白嫁的，除了捞了些银子，也让她见多识广，成了个“上得了台面的人物”。

意大利的《十日谈》虽也是集众人之口来说故事，但那些说故事的人都是些小姐少爷。他们为了逃避瘟神，躲在乡下别墅度假，日子比较闲适，谈吐比较优雅，不像坎特伯里故事中的叙事者节奏较明快，且颇多市井气息。

巴斯妇人讲的故事，至今仍算个话题。话说有个骑士，独行荒郊野外，忽遇孤身少女，他一时欲令智昏，犯了江湖大忌，跑去“性侵”少女。事情闹出来，亚瑟王认为败了骑士门风，兹事体大，断他死刑。不料皇后出面（皇后竟然是700年前英国“废死联盟”的首任主席呢！真是失敬！），亚瑟王乐得顺水推舟，就把“骑士案”转给皇后去发落。

皇后于是给他出了一个题目，要他出外一年(为了示恩，另外宽加一天)，去找寻一个“放之四海而皆准”的答案。答案如果经众贵妇同意，则可以免死。

那问题是什么呢？问题是：

“世上的女人，她们心里一致最想要的是什么？”

骑士于是策马上路，俨然成立了“一人组”的“民调公司”。麻烦的是，答案因人而异，有的说是钱，有的说是华服、性、奉承、信任，有的甚至认为丈夫早死为妙……

行行重行行，半年已过，他必须遵守誓言折回头去向皇后复命了。但答案至今找不出来，依约仍旧必须砍头，心中不免怏怏。他走着走着，不意在森林深处碰见一位老丑的婆婆，婆婆虽老丑，却多智。婆婆给了他一个答案，要他去见皇后和众贵妇时说出来，如果大家一致同意答案正确而获免死之恩，她就有权向骑士要求一项回报。

骑士只好一试老媪之言，不意竟获全体贵妇同意，那答案是：

“世上女子皆愿能御其男子，男子对她言听计从，俯首称臣。”

这时，林中老妇忽然现身皇宫，向皇后请求主婚——因为骑士曾答应过她，如因其言幸获免死，便要答应办到一事，她此刻要求成婚。

骑士虽暗自叫苦，然而依骑士行规必须谨守誓言，所以就把个丑老太太娶回家去了。不料此女简直是“西方的无盐女”，她看丈夫嫌她弃她，便说出一番大道理来。骑士说不过她，只好以礼相待，至少也得敬她几分，不意这一转念，老妇忽变绝色美女，如今骑士夫人有德、有才、有貌，堪称“三绝佳人”，两人自此，照故事的法则，过起幸福美满的日子……

可是坐在D车厢上，想着，过了700年，这答案好像又不对了，能罩得住男人，一个男人，在一个屋顶之下，那算什么呀？像一个名为五星上将的将军，麾下却只有一兵，又有什么好呢？反之，男人罩老婆难威武八方，同理，也没啥好神气的。

女人跟男人一样，她的愿望应该是“平等”“不做附件”“生命里不只有婚姻”“在不违德的前提下可以去做自己要做的事”。白居易的诗中有句话说得深切：

人生莫作妇人身，百年苦乐由他人。

传统女人未必个个不好命，但“苦乐由人”却把人生弄成了一场赌博，或赢或输，全没个准则。换方之，女人全然没有选择权，她是“被决定”的，女人不是什么奇怪生物，她要的东西其实跟男人一模一样，只是想去做一个人、去独立、去自主罢了。

这些事，700年前的泼辣厉害的巴斯妇人是不会懂的，连乔叟也不懂，但坐在D车厢里，慢慢想，一切都洞然了。

可是，同一个我，为什么在台北不去想这些事，跑到英国“那节不准讲话的D车厢”就会思索许多事，也真是奇怪啊！

衣宫半日记

走进那房子以前，我犹豫了一下。

时间是四年前的夏天，地点是在伦敦的汉普顿宫。

其实，那天一大早已在白金汉宫前面看过不够精彩的御林军表演，刚才也参观了汉普顿宫的正厅，下午还要赶去温莎古堡。而眼前的这一间有什么特别值得参观的理由？它展出的不过是些几百年前的旧衣服，何况还要另加门票。犯不着在我们忙之又忙的行程表里插进这个项目吧？

可是伊丽莎白一世对我而言，还是有其执拗的吸引力的，书上说，她当年文治武功鼎盛，所以才产生了莎士比亚。她能打垮西班牙的无敌舰队我倒不稀罕，但如果因为在盛世出“人才”的原则下造就了莎士比亚，却不能不佩服。

进了这间“衣宫”，不觉立刻喜欢上了。一个个蜡质模特儿，把老衣服撑起来，一时间恍若回到了十六世纪，真是“人死留衣，豹死留皮”啊！当年所谓“一世之雄，王图霸业”，岂不都在衣服这面无字的令旗下进行的吗？剥下了这一袭袭的衣服，其中的七尺之躯又能有怎样的不同呢？

在一片的衣服森林里看得出来，伊丽莎白尤其雅善此道，如果她本人不是服装设计师，至少也是个设计的伯乐，可惜博物馆的全貌不能一一为读者导游，只能就手头的一些资料略加介绍。

话说十六世纪皇室的衣服非常繁富华丽，熠耀夸张，女人如此，男人亦然。伊丽莎白的父亲，那个以杀妻闻名的亨利八世，曾经为离婚事件一怒而脱离罗马教廷，他身上的衣服也恍然是一篇“独立宣言”。在“衣宫”里就有一件他的王服，胸坎上赫然有十二块红宝石，显然把旧约圣经里祭司的“以弗得式”法衣的设计偷来了，一看便有其“政教大权集我一身”的意图。其实以色列当年祭司需佩十二块宝石，是因为以色列分十二支派，十二块宝石缀胸前有怀抱众生之意，没想到亨利却把它拿来强调自己的“政教”大权在握了。

看了亨利八世的诸种衣服不免好奇，此人如果脱下衣服，到底肩宽若干？一般的朝服大半极尽夸张其阔肩之能事，如果真像衣服显示的，有那么宽的肩，此人简直是“方形人”了。不过有一张图倒显示出，亨利八世和妻儿人体比例的悬殊实已达到令人吃惊失笑的程度，虽然那是由于一位不知名的画家的刻意讨好，但其实也多少保持了几分写实性，换句话说，穿好衣服的亨利就像鼓足了气的蟾蜍，的确有威武而足以吓倒人的地方。

这篇文章本来是要写伊丽莎白的，怎么会反复讲她的父亲呢？其实如果不了解亨利八世及王朝中“王权”的肆张，则很难了解这年轻女王当年怎样一步步营建自己的势力。

如果从当年男女衣着有别着眼，则伊丽莎白十三岁那件衣服的画像，显然要把她留在一种“乖女孩”的模子里。珍珠头箍，最不惹事的形象，手握圣经，架上是祈祷书，胸前则悬着十字架，好一副虔诚纯洁不染尘俗的模样。至于硬瘦的玉肩，长孎的腰身，大而无当的袖口，加起来刚好等于“不经事、不长智、无欲无求的少女”的面目。

但这个少女终于长大了，并且由于种种机缘而一步步踏上王位。她要不要穿得像她的继母安妮皇后，一副慈眉善目有如修女似的？她要不要穿得像另一个安妮皇后——她的母亲那样华贵利落？（她于加冕后三年被赐死于伦敦塔。）显然两者她都不肯，她有她自己的主张。

伊丽莎白女王有件衣服，胸位部分有明显的横条，看起来有类似甲胄的魁梧感。原来她和她的父亲一样，有“横的扩充”的兴趣，总是不忘尽量把女性的柔媚减低到最小程度，把男性的强霸适度地加进去。就算是一串珠链，她也要打个结，扭到侧边，使长长的珠串不再做淑女状，反而有一种仪队服饰的俏皮生鲜。

如果把她和慈禧相比，两个女人都免不了喜欢珠围翠绕的那一套，但慈禧却一径把自己打扮成一个老奶奶，看来是透过母权掠夺政权的人物。慈禧的男性色彩只表现在口头上喜欢别人叫她“老佛爷”那个“爷”字上，而不是衣服上。伊丽莎白则不同，她是名正言顺的女王，她要穿出自己的权力感来。

女王其他衣服大抵也兼美丽华贵威武之长。晚年的那件在堆金砌玉之余，竟意外地缀满粉红色的蝴蝶结，有点想恢复青春少女的形象似的，但一只玉手毕竟已按住一个地球仪，而不复是闺中的绣事了。

女王一径爱用的衣料，织法藏暗花，有柔韧确实的质感。这种衣料一旦加上垫肩和披风，其膨胀夸张处，不下乃父当年的皇袍。

兰陵王由于想在战场上遮住自己一张斯文善良的脸而挂上面具，伊丽莎白一世却不断用衣服来建立她的棣棣威仪，让别人和自己都忘记她荏弱的一面。看来衣服也可以是另一种面具。

走出“衣宫”，阳光正艳，想四百年前女王新衣乍试，顾盼自雄之余，什么是她宿然暗喜的，什么又是她怅然若失的呢?

蓝水手

旅行美国，最喜欢的不是夏威夷，不是佛罗里达，不是剧场，不是高速公路或迪士尼乐园，而是荒地上的野花。

在亚利桑那，高爽的公路上车行几小时，路边全是迤逦的野花，黄灿灿地一径开向天涯，倒教人怀疑那边种的是一种叫作“野花”的农作物，野牛和印第安人像是随时会出现似的。

多么豪华的使用土地的方法，不盖公寓，不辟水田，千里万里的只交给野花去大展宏图。

在芝加哥，朋友驱车带我去他家，他看路，我看路上的东西。

“那是什么花？”

“不知道。”

“那种鸟呢？”

“不知道，我们家附近多得是。”

他兴冲冲地告诉我，一个冬天他是怎样被大雪所困，回不了家，在外面住了几天旅馆，又说Sears Tower怎样比纽约现有的摩天大楼都高一点。

可是，我固执地想知道那种蓝紫色的、花瓣舒柔四伸如绢纱的小花。

我愈来愈喜欢这种不入流的美丽。

一路东行，总看到那种容颜。终于，在波士顿，我知道了它的名字，“蓝水手”，Blue Sailor。

像一个年轻男孩，一旦惊讶于一双透亮的眼睛，便忍不住千方百计去知道她的名字——知道了又怎样，其实仍是一样，只是独坐黄昏时，让千丝万缕的意念找到一个虚无的，可供挂迹的枝柯罢了。

知道你自己所爱的一种花，岁岁年年，在异国的蓝空下安然地开着，虽不相见，也有一份天涯相共的快乐。

例外的惭愧

有一件事，我十分惭愧，那就是：我经常都不惭愧。

唉，这句话说得那么吊诡，简直就像政客。听来我好像“惭愧于我的不惭愧”，却更像“并不惭愧于我的不惭愧”。

譬如说，我去人家家里吃饭，女主人烧得一手好菜，我一边吃得逸兴遄飞，一边诚心诚意地赞道：

“真惭愧呀，这么好吃的东西，我怎么就烧不出来呀？”

可是，等晚上回到家里，夜深人静之际，我仿佛听见极幽微的声音在提醒我：

“哎，我说，你这家伙，你说的话好像不太诚实哦！你想想，你真的惭愧吗？你说说罢了，你干么说这种话？这世上说话不实在的人太多了，你还要再增加一个吗？”

我当下嗫嗫嚅嚅：

“哎呀，我并不是撒谎，我当时大概一时冲动吧？我其实并不打算来惭愧的，更不打算来改过，我下回小心不乱说不实之话就是了。”

其他的事依此类推，例如人家的屋子布置得如何雅洁清幽，人家的研究做得如何深沉扎实，人家的菜园整理得如何鲜翠欲滴，我其实都厚着脸皮轻易放过自己——动不动就惭愧，那，日子可要怎么过啊？

不过，倒有一桩“外套事件”例外：

大约十年前，我在暑假去新西兰旅游，住在朋友家里。暑假其实正逢新西兰的冬天，这一点，我虽然也知道，却仍然心存侥幸，不肯多带厚重的衣服。心里想，如此挥汗的溽暑，带着冬衣出门实在太奇怪了，管他的，等到了新西兰冷得受不了，再去借朋友的衣服来穿吧！

及至到了新西兰，我那几件毛衣实在挡不了事，心里立刻想去买衣服。刚好那天朋友开车带我出游，车子高速开过公路（新西兰人少车少，路又宽平，几乎每条路都可当高速公路来开），我忽然大叫：

“停车，停车——退回去，我看到一所教堂！”

“教堂怎么了？”

“教堂门口有草坪，草坪上有一块牌子，牌子上写着大义卖——”

“奇怪，”朋友半信半疑，“车子开那么快，你也看得到！”

但她还是把车退了回去，果真教堂在举行义卖。

义卖多半不卖什么好东西，都是些人家家里用不着的旧物品，倒是巧克力奶和饼干做得非常好，我们各点了一份。忽然，我看到了一件仿羽绒的美丽外套。哎呀，那刚好是我想要的，跑去一试，尺码正合，再看价钱，天哪，差不多合二千元，当天的大堂里，每件东西都贱价，就只这件外套死贵，怎么回事，我竟看上唯一一件贵货，便忍不住想还价。

“对，我知道。”摊位的主人说，“这是场子里最贵的东西，可是这是我朋友刚从美国寄来送我的，全新呢！”

天气实在冷，我立刻付了钱，并且舍不得脱下。

“这件衣服穿来不错，你，为什么不自己留着呢？”

“我不想穿得那么奢华，我穿普通的衣服就好。而且，教堂需要钱！”

我这才仔细看她，她穿一件非常黯败的土色毛衣，她的人也带几分土色。我忽然惭愧起来，我这样随手就买了东西，而这东西却是原主人口中的奢侈品。

年年冬天，我穿这件衣服的时候，内心都十分惶愧。想起那清癯瘦小的主人，我觉得自己有点越分，但我又不能拿这件衣服去还她，只好小心翼翼爱惜着穿，好来赎我的罪咎。不管我能活几岁，不管我有多重要的场合须出席，我立志再不去买第二件冬衣。

我惭愧，对那位我不知名的南半球的穿着素朴的女子。平生极少生愧，但一想起那妇人安静的眼神，约敛的身体，低抑的语调，我就——惶恐惭愧。

去南洋拍一张照片

这里是马来西亚，马六甲古城，我站在“娘惹博物馆”前，打算进去拍一张照片。

我要拍的那张照片上次来的时候就想拍了，但上次没带相机，而且也不见得被允许。这次有报馆的人同行，他们请我来演讲，马六甲之游算是他们犒赏我的奖品。有报馆的编辑前去说项，打着“台湾大学教授要作教学用”的名义，事情很顺利地办妥了。

但报馆的朋友和博物馆的朋友其实都不知道我要把那件衣服拍下来干吗，这件衣服其实说来话长：

起先是我读白居易的诗，读到他的《香山避暑》，其中二句是：

> 纱巾草履竹疏衣，
> 晚下香山蹋翠微。

纱巾、草鞋、我懂，避暑我懂，香山、翠微也难不倒我，但这“竹疏衣”是什么呀？

香山位在洛阳，香山，是白居易避暑之处，天气的暑和政治的暑。

但他为什么会穿一件“竹疏衣”呢？竹疏衣是长什么样子呀？二十世纪末西方有句好玩的文学论调，号称“作者已死”，在“作者已死”的前提下，诠释简直可以随便来，反正白居易已死，我爱怎么解释就怎么解释——但是，不行，我是“老中”，“义理、考据、词章”的文学三大要素虽是清朝桐城派的“三主义”，但多少也是中国文人共有的主张吧？这“竹疏衣”我很可能弄不懂，但努力探究，或者也可明白，作者虽死，作品却会说话。

找到一本叫《南方草木状》的书（作者是晋代的嵇含），有这么一条资料：

> 箪竹，叶疏而大，一节相去六七尺，出九真（指越南河内以南顺化以北之地），彼人取嫩者硾浸纺织为布，谓之竹疏布。

“竹疏衣”应该就是“竹疏布”做的，竹疏布则是用产于越南的箪竹做的，箪竹的节很长，一节有一个大小孩那么高——但是，真正的竹疏衣做出来是个什么样子，我还是不知道。

“礼失，而求诸野”，没想到在马六甲的“娘惹博物馆”里，竟看到我久想一见的竹疏衣。郑和远航，常在各地“卸下”一批华人，作为下次登陆的接应员。马六甲因为是港口，放下的人就特别多，六百年来早已蔚为大族。而博物馆中这件“竹疏衣”是郑和当年带过来的吗？还是“留民”（借用生物学上的“留鸟”一词转换来的）后来向跑车帮的商贩买的？

根据博物馆中导览员的说法，郑和带去的人在马来西亚和马来女子结婚，婚礼中还是坚持要穿美丽的丝绸礼服。在火炽的热带大太阳底下出汗如浆，礼服势必穿一次就污损了。但这种美丽的刺龙绣凤的大礼服是要世世代代传下去的呀，怎可用完了就丢？所以他们要贴身先穿一件竹编的竹衣，有竹衣撑着，丝绸不致贴肉，汗泽隔个三厘米就不形成污垢，真是好办法。

当年白居易穿竹衣是为了避暑，郑和移民却是为了保护礼服，而我，搜求这张照片是为了让一千二百年前从香山的清风微云中迤逦而来的白居易复活过来。一首诗如一部剧，需要舞台和场景，配音和道具，灯光和效果……不管作者死了没有，我只想重现那年香山山径上清凉的夏夜，以及那一夜的诗情。

交会

印度人的说法：一切河流交汇之处，都是神圣的。

楔子

八月底，在尼泊尔，因为是“雨季”。所以附带也是“云季”，大部分的高山只剩下半截，我们只能看到云气呵斥下的山根的那一半。但此刻飞机一腾空，我们高兴得尖叫，像玩拼图游戏的小孩，剩下的这一半被我们在云的上面找到了。

一路凭窗贪看山景，心中了然，只觉前几日读的山景算是下卷，现在跟上卷一凑，整个情节立刻一清二楚了。

此行往印度，舍山而观水，应当另有一番惊动。

भोंसले घाट
BHONSALE GHAT

一

一下飞机，一卷热浪扑上，错不了的，这就是瓦拉那西城，这就是印度了。

生平是个循规蹈矩的人，所以忽然决定盛暑赴印度，在亲朋间不免引起小小的骚动。

“八月去印度，岂不热死？”

其实八九月间，在印度已算秋天了，这段期间最可怕的不是热，而是雨。旅行的人会不会被雨所困？就要赌一赌运气了。至于热，玄奘当年受得了的，七亿五千万印度人受得了的，为什么我偏偏就娇贵一点？这么热的地方，《吠陀经》和《奥义书》还不是照样写出来了？这种温度并没有把释迦牟尼的智慧灵明热得融化掉了，也没有把泰戈尔的诗才销毁。我在自家热带岛上好端端地住了三十年，现在早拿定主意不怕任何热了。

没有下雨。

而且，发现大家都能抵得住热。

旅馆是老式的那种，拜潮热之赐，厚地毯有一股怪味，好在草坪很大，藤椅也很舒服，一本《奥义书》放在膝上。那本书我在台北虽也翻翻读读，总不如此刻剀切，眼前的垂垂绿荫，一一仿佛注释，使人明了易懂。其中有一段跟《道德经》的首段论道的话倒可互相参证：

> 它，不是语言之所能言——是语言因之而言
>
> 不是心之所能思——是心因之而思

不是眼之所能见——是眼因之而见

……

论生死，此书也说得空灵剔透：

有如一条尺蠖，到达一张叶子的末梢后又自另一张叶子挪移过去——自我，也这样摆脱肉体，离却无智，向另一世界迁徙过去。

夕阳在树，恒河在两公里外兀自流着，智慧的贝叶在手上，观光客在游泳池里沉浮，瑜伽老师在到处游说拉学生，卖纱丽（印度女人穿的长达五六米的裹身衣料）的老板正热心地示范，食物在餐厅里忙碌地烹制，养蛇的老人在引诱大家出钱看“猫鼬大战眼镜蛇”，印度是什么呢？这天竺古国，这奇怪的，被中国称作“西方”而又被欧人称为“东方”的土地，一张钞票除了用“兴度”语注明币值以外，竟然另外还需要加上“孟加拉国”“玛鲁瓦蒂”“玛里亚兰”“乌都”等十三种语言（加上“兴度”语，共计十四种），而这十四种并不代表全数文字。据云印度种族大约三百五十种，单单要让这样离心离德的三百多种种族吃饱已经不是易事了，何况人吃饱了总是还有其他的事，当然，吃不饱又有更多的事。

想想这样一座城也真替它发愁，十万座庙的城，以湿婆为守护神的城，两千六百年前就文物鼎盛的城，一年三百六十五天里它倒有四百多个节日的城（一方面因为神多，一方面因为种族多，所以经常一天要庆祝好几个节）。这到底是个怎样的地方？

二

"喂，你们是从台湾来的吗？"一个瘦黑鬈发的印度男孩跑过来。

一路上老被人当作日本人，解释成中国台湾又老被误听成"泰兰"（泰国）。但不解释又不甘心被当作日本人，真烦！此刻居然有人口操汉语前来问候，真不胜惊喜。

"你怎么会说中国话？"

"我在尼赫鲁大学主修中文，我叫马维亚，在飞机上听你们说中国话，我就猜到了！"

他虽读了中文，在印度也用不上，只好又学了西班牙文，做起西班牙文导游来，这两天他被一个委内瑞拉家庭雇用。那家人个个长得圆胖，却冷着脸毫无笑容，大概是户有钱人。马维亚茹素，跟我们坐一桌，谈得很起劲。

三

去恒河，是凌晨五点钟的事，因为要赶着看日出，看印度教徒如何对着旭日晨浴，只好绝早起来。

恒河照梵文应称殑伽河（Ganga），因为它是经殑伽女神导引下来的。恒河的神话极委婉，恒河原来的流域是梵天界的梅尔山顶，因为拗不过下界苦修者拜基拉达的真心，于是一流流到湿婆神的头发上，打算顺着头发再流到天竺国，但湿婆的头发太浓密只好分成七股流下来，而殑伽女神成为顺着头发顺着水滑到人间的一个神。

这天早晨，我们来到岸边的时候，恒河早已举行过百万次以上的日出典仪了，如果把三千年来每日前来恒河的人次算上。更是不可思议。对我而言，这恒河也算圣河，只因它发源自喜马拉雅，而中国既拥有半座喜马拉雅，这条河于中国也几乎有“半子”之亲。我们雇了一条船，为了防污染，这里的船都是小木舟，先往南行，再折北上。刚上船，只见旭日从灰云里艳射而出，亦光华亦幽晦，与“晴空万里”的单纯相较，别是一番意趣。城在河西，全城的人都可以站在一阶一阶的岸上一面沐浴，一面看河东的日出。岸上的人群令人目不暇接，许多人正用一种白色小树枝当牙刷漱口（这种漱口棒阿拉伯人也用），用法是把末梢部分用力一压，使之散成纤维，就可用了。令人吃惊的是，有人用河泥当牙粉在洗牙齿。岸上还有人在为人剃发，剃发颇有讲究，因为印度人相信人身如庙堂，人的头顶心那块部位就等于庙尖，所以那块头发必须保留，叫它作“通往天堂之路”。又有人在卖花，花放在叶片上，纸盘式的小油灯放在花上，然后放在河里，任之逐波而去，算是一种许愿。还有人在祈祷，有人在静坐，有人在惊险万状地扯下围身布（虽然使人无所回避，但他们多半有本领使自己不致被窥及全裸），有人在等待布施，有人分明是凑热闹的嬉皮，在追求神秘的东方经验。有人一脸虔诚，涉到河深处，打一点圣水回家，据说可以供祈祷或为临终病人抹点在双脚和嘴唇上用。做父母的也每带孩子前来。一位父亲把一罐子水猛然淋在儿子头上，小家伙被水一淋又是惊又是叫，又是怕又是爱，小脚板乐得直蹦直跳，全世界的小孩淋水时都是一样的国际表情，看来无限亲切。但两百米以外的下游，却有一栋“待死楼”，有些老人静静地等在那里，那是他们晚年最大的心愿，死在恒河边，委身恒河水。

怎么会有这样一条河！

火葬工作虽是个赚钱的行业（印度的死亡率高），却限于最下等的人才可以做，下等人是第五等人，也就是“不可碰类”，这位火葬场主人地位虽贱，钱却不少，每天总有两百个死人送来。主人临河盖了别墅，门口特意塑了一只黄斑大老虎，尾巴翘得老高，有份自鸣得意的样子，却又让人觉得有些什么补偿心态。船行到火葬场下便算走完全程，大家正危颤颤地等着泊岸，只听哗啦一声，尘沙飞扬，从火葬场的矮墙里倒出一大堆黑渣渣的东西，可不正是尸灰和木炭吗？同伴中胆小的早已吓得魂飞魄散，及至舍船上岸，又见一个小孩被白布裹着，放在地上，平常尸体焚烧之前都用竹担架送入河水浸湿，算是最后一次栉沐。

“火葬场里女人不准来。”印度导游说。

“为什么？”虽然火葬场不是什么好地方。女孩子听了还是不服气。

“不能让她们来呀！她们一看到火，就会哭着跳进火里去啦！”

古代印度女子在战争期间曾有殉葬之风，印度有一个字Suttee即专指跳入火中殉夫的女人，后来到和平期间竟仍相沿成风，相当残忍。如今女人跳火，不过十目所视，做个样子，她何尝想死？女人真想死，你关她在家也拦不住的。

这种事，身为女人，我相信自知得比导游多。

“小孩子不用焚烧了，”印度导游走过横放在岸边石阶上的死孩子，漠然地说，“圣人也不用。”

“为什么？而且，你怎么知道他圣不圣？”

“苦修的人就是圣人，这两种人都是纯洁的，所以不必烧，直接放到河中间水深的地方就行了。”

“那多脏呀！”

“人的身体一点用也没有，如果死了可以喂鱼，也算是一件好事，我们印度人是这样想的。”

所谓脏与不脏，实在很难说得清，我们嫌恒河藏污纳垢，而文明世界的工业污染才真把河川脏得更厉害呢！

回到住处，伴我们来的旅行社的于先生请教旅馆经理：

“我们今天早晨看到恒河边上有个小孩尸体，他的父亲缠裹他，怎么脸上一点悲伤都没有？”

得到的答案竟是：

“他妈妈在家会哭的呀！哭得死去活来！”

在印度问话常常会得到出人意料的答案。

四

由于当天早上印度导游急着带我们去买纪念品（那大概是他们很重要的权益吧？），我意犹未足，第二天又起个绝早，搭另外一队日本团的便车和船再去一次，打算好好看看火葬场。火葬场虽说不准女人走近，指的是死了亲人的印度女人，像我们这种没有跳火危险的女人是不在禁止之列的。火葬场工人对我们很客气，让我们站在很有利的位置上观看，不过照相是严禁的。由于瓦拉纳西是个古城（在孔子时期，此城已经颇具规模了），一切设备都沿旧制，火葬场仍是露天式的，矮墙围成的大约二十米见方的一块土上，横七竖八地架上一垛垛的木桩，每垛木桩上各架着刚开始烧的，烧了一半的，或快烧好的死人。

“一个人要烧多久？”

“四五个小时。”

一个人要花二十年才弄得到一个博士；要花好几年去恋爱（包括失败的），才找得到一个配偶（而搞不好，对方仍会中途脱逃）；要十月怀胎才能得一个孩子；要分期付款十五年才买得下一栋房子。可是一旦两腿一伸，只要四五个小时（电力的还不需这么长的时间），就可以轻者化烟，浊者成尘了……

也许是心理作用，只觉火葬场上烟雾腾天。

一个人，如果一生之中可以认定一条河去饮于其中，沐于其中，生于其中，死于其中，不管别人怎样看他，思想起来仍是一件令人眼湿的情感。

那些死者不但死了不会说话，即使活着，由于教育不普及，恐怕也未必是能文能语的人。但此刻，当他们肉体正哔哔剥剥一缕一缕化为齑粉的刹那，我仍能感到他们对恒河的痴爱，那样的无言之言，把什么都说清楚了。使我蓦然生敬的与其说是恒河，不如说是印度人爱恒河的那份爱和依恋。

瓦拉纳西是因瓦拉和那西两条河交汇而得名，印度人一向认为凡是两河交汇点一定是圣地，瓦拉纳西因此一向被视为圣城。两河交汇有何圣处，我不知道，但每当另一个思想另一种态度触动我，与我若有所接若有所会之际，我总悚然惊起，恭恭敬敬地接受这种心交神会。心思灵明的交会也是圣的——我想。

五

到瓦拉纳西的人当然也都会去看鹿野苑，鹿野苑是释迦牟尼最初说法的地方，中间没落三百年后，借孔雀王朝阿育王政治的力量而重行整顿。此人之于佛教，一如罗马的君士坦丁大帝之于基督教（君士坦丁去耶稣亦同为三百年），汉武帝之于儒教。三个人都是雄才大略，善于用兵。但大才华、大功业也每每带来大寂寞和大疑惑。阿育王在尸骨堆如丘山、血流汇成沟渠之余确立了他的帝国，却感到可怕的空虚和罪疚，一时之间竟变成释氏的信徒。大凡古来大彻大悟的人总不会是《孽海记》里的糊里糊涂自幼入庵的“色空尼姑”（无怪她到后来要“思凡”了），相反地，每每是嗜食狗肉的鲁智深、风流俊俏的柳湘莲反而更能看破。阿育王先前的暴虐和后来的仁德令人简直不能相信，他不但爱民如子，善待邻邦，提倡法治，而且，居然还设立了兽医院。阿育王当年自己登坛说法，全盛时期有一千五百个和尚……但这一切现在多半已成断垣残壁，十一世纪时，印度教和佛教损失惨重，庙宇被毁，神佛每每遭斩头去臂（不但泥菩萨不能自保，石头菩萨也不能自保）。某些地方，如菩提伽耶，当时有人硬是用泥封的方法把它整个圣迹掩盖起来，后来英国人又根据玄奘的《大唐西域记》重新把这些遗址一一挖出来。

我虽然既不信佛教也不信印度教，但两相比较总觉佛教可亲些，温和些，纯净些。印度教则不免显得烦琐魅异。鹿野苑算是印度境内少数佛教风格的景观，其中绿草平软，开阔明朗，“阿育王树”长得像一把规矩的伞，梭形的树叶一一呈九十度垂向地面。树叶边缘微皱，像浅浅的荷叶褶。

“你们看那棵菩提树很有名，它是第三代呢！”印度导游说。

“第三代？那，它的祖父在哪里？”

“在佛陀伽耶，就是释迦牟尼当年悟道的时候坐在底下的那一棵呀！”他对我们的无知几乎有点惊奇，“那里叫菩提树、金刚座，可是那一株老树已经死了。”

“它的父亲又是谁啊？”

“在锡兰卡（锡兰），是从佛陀伽耶拿去插枝的，这一棵又是从锡兰卡拿来插枝的！”

“菩提伽耶现在居然没有菩提树了吗？”

“有！而且长得也很好，不过，它也是从锡兰岛倒插回去的。”

我想我会一直记得，曾有一个八月的清晨，我站在瓦拉纳西城的阿育王鹿野苑里，凝神看一株清荫四周的菩提树，树无所奇，奇的是它的身世。树和树，原来是可以异株而同根的。这一番树故国的文化、五千年的道统，它可以跨海插枝而再生，它也可以在老株枯死僵仆之际重返其血肉，重归其精神。台湾，我所生活的地方，不正是一棵枝繁叶茂的文化再生树吗？

鹿野苑里有博物馆，里面的东西全取自本地。

六

去看织纱丽的厂，原来一块纱丽料子竟要纺上十天以上。明知道回到台湾不可能穿那种东西，但还是忍不住想买，必须一再告诫善忘的自己：“别买，别买，那东西没用的。”

可是一方面又鬼鬼祟祟地劝别人买，别人买了，我们将来有空去她家再瞧两眼过瘾也就心满意足了。

七

“这是印度大学，全亚洲最大的。”

真有那么大吗？

“全世界的人都可以来读书，这是许多人合起来捐款盖的——其中捐款的人包括乞丐。”

简直像中国的武训啊！

大学本身也貌不惊人，比较特殊的是建有一所耗资两百万卢比（一卢比合四块五台币）的白色大理石庙（想想印度这么穷，这价值九百万台币的庙在好些年前也就颇为可观了）。另外也有一间博物馆，对象居然又多又精而且绝不重复，陈列也落落大方，不至于小家子气。

八

瓦拉纳西城里有两样雕塑我几乎看得发痴，挪不开脚。

其一在鹿野苑博物馆，雕的是一座变形人体，名字叫Ardhnari，意思是“完全之神”，那神明一半是男体一半是女体，男在右女在左，中间身体部分做S形分阴阳，虽然雕像高不过一尺，但除了极尽精妙，不免令人想起希腊神话里男女本为合体的传说，而男女一体时，原具超凡神力，后来为神所惧，才拆之为二的。从此男女便苦苦地寻找，想找回原来的“另一半”。

而这神叫“完全之神”，跟中国所说“夫妻牉合”“二人同心，其利断金”的意思也相仿，希腊雅利安人曾在中国盘庚迁殷以前就打到印度去，这小小的雕像想来正是两种文化交会的结果。而我站在这里如痴如醉地看这座雕像，恨不得引雕像一步步走下展览架，走到我的睫前，和我正在思索着的那句“一阴一阳之谓道”的中式思想交会而合流。

其二是大学庙堂里的巴尔娃蒂（Parvati）和刚乃虚（Ganesh）母子神像。那里面有一段长长的故事：

巴尔娃蒂是湿婆神的妻子，司音乐和文艺，略等于缪思（音乐系和中文系至今多半是女生读的），她的丈夫湿婆神虽然只是三位大天神里的一个，但一般而言却是民众最熟悉的一个，他疾恶如仇专司惩罚性的破坏。而有一次，他因天下事务繁忙，许久没有回家，他的妻子巴尔娃蒂百无聊赖中搓搓自己的手臂，不意却搓出一个小男孩来（小男孩也是神，当然立刻就长大）。等父亲湿婆回来，竟发现一个少年当户把守。原来那天巴尔娃蒂正在沐浴，严嘱儿子看门，不可放任何人进来。他不认识湿婆是自己的父亲，当然也不准他进去。湿婆更为疑心，两下打起来，少年的头立刻被砍掉了。然后，湿婆才知道自己杀的是自己的儿子！好在孩子是神，砍了头一时不会死，只需重新安装回来便可，但奇怪的是砍下的头居然找不回来，眼看再找不着就不济事了，刚好有一队象走过，湿婆只好另外砍个象头安在儿子的脖子上。从此他的儿子就成了一个象头人身的神，他被当作“知识之神”，兼“幸运之神”。

平时庙里这些神都各有神座，但在印度大学的庙里不知为什么把巴尔娃蒂和刚乃虚放在一起，母在右，子在左，母亲用一块纯黑色的大石头雕成，端凝美丽，儿子用白而微红的小块大理石雕，一副乖巧作痴的模样。刚乃虚本来也算个人物，广受香火，但只因坐在母亲身边，便自有母子相依的动人处。我走了老远，想想不舍，又折回去仔细盯着看了一番。不是黑色大雕像动人，也不是白色小雕像动人，是两像之间视而不见的情意最足动人。

九

“这个城，一向被人叫作学习的和煎熬的城（City of learning and burning）。”导游很权威地说。

“学习跟煎熬有什么关系？”我问。

“要受得住烧烤煎熬才学得成啊！”

“咱们中国人不是这样说的，”我笑起来，“我们说要学习就得忍受十年寒窗——大概你们太热了，才想出这样的成语。”

十

寒窗滴冰也罢，焦苦烧灼也罢，为人能像一条河，一面流一面能与别的河交汇错综而蔚为大地的叶脉网络，实在是件可奇可喜而又神圣万分的事。

地勺

——记达尔湖以及湖所在的克什米尔

初识克什米尔，是在一张宣传单上，一座五颜六色的大花园，绝对而纯粹的漂亮，心里立刻警觉起来，开始有几分不放心，觉得这种地方美则美矣，可是，不免有点像在很过分地讨好观光客：我一向怕别人太讨好我，我喜欢去的是自顾自地在生活而不太搭理观光客的地方。而且，正像女人，太漂亮的难免肢体发达头脑简单，如果仅仅为了花园里那片缤纷，走过三分之一的地球，我是不甘心的。

可是，“克什米尔”那名字实在好听，古人论诗分“声情”“辞情”来解析作品的美，所谓声情，便是指诗的音乐性，以及“听来好听”。克什米尔的声情不错，细细听去，柔和悠远，略带几分迷离，也许该翻成“慨虚谜尔”，习惯上克什米尔，又总跟羊毛联想在一起，想到开司米羊毛，只觉柔和温暖，很想握在手里摸一摸，贴在脸上摩一摩。而且，它又跟我们小时候跳的一支新疆舞里的地名十分相似，那首情歌的内容无赖而可爱：“天空的颜色是蓝的，喀什噶尔河水是清的，你若不答应我要求，我向喀什噶尔跳下去。”歌跟舞本来早就忘了，此刻却一起兜上心头来，不知那情歌中女孩经此威胁有没有答应那赖皮男孩的求婚？不知道她如果不答应，那家伙有没有真的跳下去？唉，新疆真是远，老歌真是远，那对河畔的小冤家到底如何了？真叫人放心不下，急急去翻一张地图来看，一片新疆大得吓死人，两只手都放上去还盖不满呢，而比例尺上说是六百万分之一，如果真的加六百万倍，纵的也加六百万倍，真的新疆就该是三十六兆倍了，如果这张图上需要三个手印才遮得住，整个新疆想是需要一百零八兆个手掌才能遮满。想到这里，心里涨满对那块未见之地的柔情。新疆，愿我有比千手观音更大的法力，愿我有一百零八兆温暖的肉掌，轻轻地，一一地覆遍你每一寸土地，是摸索，也是膜拜。

终于找到喀什噶尔河了，高兴地看了半天，好像连波光都看到了，只是依然想不出那首歌里的少年到底有没有把那姑娘娶到手。沿着河向西南，就是克什米尔了，克什米尔和喀什噶尔一定有点什么关系吧？这地方东边是西藏，北边是新疆，其中有块叫“拉达克”的地方，外号就叫“小西藏”。好吧，去吧，虽然宣传数据上花园里的鲜红嫩绿让人觉得肤浅，但“慨虚谜尔”实在满好听的，说不定真有可观，何况它又和西藏新疆比邻，我对它先自有几分情了。而文字学的老师说过，大凡字音和m有关的，像“幕”“秘”多半和神秘、包覆的情感有关，“慨虚‘谜’尔”也有此音，我倒要试试文字学家说得对不对，想来“慨虚谜尔”应该是神秘的，应该是包覆着的谜，等着我们去猜中。

及至到了印度，每次碰到有人问我们旅行路线而我们一一回答时，总免不了引起一点艳羡的叹息：

“啊，克什米尔！”

“啊，度蜜月的地方！”

我们的虚荣心愈来愈高涨，不久就学会用沾沾自喜的语气自动去刺激别人：

“喂，你知道吗，我们要去克什米尔哦！”

大家对克什米尔的热情一路上因为别人的嫉妒而不断增加，一个隐隐的高潮在心里渐渐成形了。

飞机还没有降得很低，山坡上的村子便已经一一在望了（可能是空气干净的关系），那些小屋显然是贫穷的标志，铁皮屋顶在阳光下反着光，看来比瓦顶屋更寒碜，凭窗看去只觉山势陡峭，一座座屋子里住的恐怕都是终身不曾远行的村民，可是，我知道，只不过交会一眼，我已经深相羡慕，于是不得不好言劝起自己来：

“不要眼红，只要这世上有人活得好，而那人却不是我，也罢，不也一样吗？”

这样的话，对自己不断地多说几遍，倒也有效，只是心里还是免不了怅怅然。

投宿在船屋上，香港的水上“疍家”（或写作“蜑家”）给人赤贫的印象，此处的船屋却是豪华的。以整个千顷翠波的达尔湖做院子，不管是大船小船，只要在水湄有一小块栖息之地，便自令人有幸福到心生罪疚感的程度。

我们的人分宿在两条船上，船是纹理极细致的木材做的，加上很古典的镂花，地上铺着厚地毯，头一间是富丽堂皇的琉璃吊盏的客厅，第二间是高背椅俨然的餐厅，接下去左边是甬道，右边是卧房，最后一间不需甬道所以大些。船左右两侧有窗，窗外时有翠鸟呼朋引伴，不仔细看，只当是一种浮云的荇藻，船屋白天很凉爽，晚上冷得要盖三床厚羊毛毯。

克什米尔真正的特产应该是山景，其他倒也普通。奇怪的是玫瑰别处也有，偏偏这里的开得特别大，特别挺！芳草当然是天涯到处都生的，偏偏这里的含烟沁翠，绿得要冒出水来。达尔湖虽迷人，世界上却也到处有湖啊！但这达尔湖一尘不染，低头只见小鱼在水草间摆头而游，想来大概等于美人与丑女的差别了，一般是两个眼睛一个鼻子一张嘴，美丽灵秀的和肮脏邋遢的却有天壤之别。至于我一直担心的“做作景观”，倒并不存在，克什米尔还是各人过各人的日子，虽然也赚观光客的钱，但一花一草却是他们生活里真实的东西，宣传资料上太艳的花，太华丽的喷泉，其实是因为没有和峰峦和高原和大湖一起看的关系。

放下行李吃了烤羊肉，就等着要去看花园了，为我们开饭的管理员把白衣服一脱，转眼又变成了生意人，说是有表亲托他卖精品东西，颇有“工厂直营”的味道。他把羊毛披肩一条条抖开，我们立刻知道惹祸上身了——一张大布里简直有成千上万的披肩，只好拿出中国人的“拖”字诀来，一切赖到“下次”再说。

船屋和马路之间因为有湖相隔，往返都要坐一种小船。印度、尼泊尔、克什米尔一带因为长期和英国接触的关系，许多小生意人都能说满口英文。做观光客生意的当然更是无师自通，但奇怪，唯独对这种小船，他们一定要坚持“原文”，叫它“锡克惹”，问他们“锡克惹”有什么特别的意思，答曰，没有，就是boat（船）的意思，那么为什么不叫它boat呢？答曰，因为事实上它就是“锡克惹”嘛！没有办法。我们只好被强迫学会了一句克什米尔话，及至学会，却觉得克什米尔人真倔得可爱，真的，这实在是一只“锡克惹”而不是一只boat。所谓“锡克惹”对他们而言包括湖光山色，包括朝露夕岚，包括“心形桨”的拨动，包括欸乃一声，鬓眉皆绿的映照——这一切，怎能靠一个boat道尽？“锡克惹”当然还应该是“锡克惹”。“锡克惹”上可坐可躺，旧的棉布帘虽不够华丽，也自有一种村人风味。及至坐定才发现摇船的刚才似乎也身兼厨房某要职，好在划船对克什米尔人来说等于呼吸，大约不需专业人才。

去看花园，不觉称奇，许多天来看莫卧儿宫殿发现伊斯兰建筑实在喜欢水，导游每指着枯池说：“当年有茉莉花随着水波一路流转呢！”想着当年宫女的软语，想着漂流的花香，真不知是什么岁月，室内的宫殿既然如此，设在野外的克什米尔花园引水成景更是势所必然。想三百年前引寒泉而成柱，大地把泉水给了人类，人类却把泉水喷向青天，这一转手间，真是神奇。

导游、介绍资料，和一切克什米尔人，都说他们有三个漂亮的“‘花’园”，其中最出名的是“耐夏花园”，其实那些花倒也平常，无非是些矮牵牛、一串红和圆仔花罢了，到台北假日花市转一遭，可以找到的花色还多些。莫卧儿花园的花其实完全不是重点之所在，他们得天独厚的地方完全在于那插天的青峰，如此清晰、如此厚重、如此绵亘、如此天生媚骨的群山。其次则是那些水晶帘似的喷泉。整体来说，一畦畦怒生的花田，一波波激涌的花海，只不过是一小堆一小堆的点缀，像大英雄大豪杰的一点点的柔情，是铁马金戈之余的偶尔一声低唤或一个温切的眼神。因而特别惹人感激心疼。

看花容易神摇意荡，城的另一边刚好是湖，倒可以澄目清心。

湖上正是落日时分，青烟薄薄地升起，看久了只觉一阵凄迷，也不知道那份湿凉是来自湖上还是来自睫下……

“咦，”有人叫了起来，“你们看那拱桥像不像西湖？”

其实这话说得可笑，大家都年轻，当年谁也没有去过西湖。只是，弯弯的拱桥在水上——水在苹藻的无限荡漾里——苹藻在天地的苍茫中——苍茫在我们的心里。

那拱桥实在像西湖，为什么会像，真是讲不清，但记录上说玄奘来过，玄奘住过，其间也许有些因缘。只不知当日玄奘到此，是否也感到踌躇，佳山秀水似乎比穷山恶水更令人想家吧！湖里又青盛着一片荷，这里究竟是哪里呢？有人问是风在动呢还是旗在飘呢？智者说：“是你的心在动啊！”我想问：“是桥在制造故国还是荷在制造故国啊？”智者是否一笑，回答我说：“是你的心在制造故国啊！”

有小孩子来兜售四枝莲蓬，只要求两个卢比，小孩子啊，卖莲蓬是可以的，可不要把属于玄武湖的乡愁一起卖给我啊！“海外可采莲，莲叶何田田，云戏莲叶东。云戏莲叶西……”暮霭沉沉，遥天无极。山自何时高起？山自高时高起。泉自何时冷起？泉自冷时冷起。至于花自何时含艳？荷自何时焚香？蝶自何时翩翩？桥自何时拱腰？思想起来令人如痴如迷，一枝莲蓬是一枝魔棒吗？为什么牵起那么多中国情绪呢？

回到船屋，青青岸草上，白衣的船屋主人正五体投地，面向红极灿极的西山而祈祷，伊斯兰教教义我虽不懂，只觉对着落日而下跪感恩，敬谢上天所赐下的“一日之岁月”，应是极可理解的常情。

晚上买舟去湖上闲荡，黑暗中四山隐隐在望，满天繁星，橹声如梦，湖上寒意甚浓，我们裹着羊毛毯不敢动，世上的水虽有江海大洋，我却只一意迷恋湖。海太大，大得令人绝望，根本不知要如何去爱它。弱水三千，只饮一瓢吗？却又私下希望那只瓢能大一点深一点。而湖便是那只大勺，清可见底，甘洌可饮。抬头望天，群星烂然中我只识得北斗七星，此星凑巧也叫作“勺子星”。不知这只瓢勺意欲舀些什么，舀些玄思吗？舀些光芒吗？舀亿万年来人类的仰望吗？在星子的天勺与大湖的地勺之间，我们的小舟也许也是一只小勺吧？只舀一小时的湖上良辰。我自己也是一只小勺吧？舀一生或痴或狂的欲情。

翌晨驱车两小时往贡马高原，贡马地高两千七百二十七米，不知它为什么偏偏不肯高上去，大概是受过老子哲学的影响，不愿意持盈保泰强为物先，反而喜欢凡事稍退一步想吧！

去贡马有如读爱情故事，终局固然美妙，过程也够曲折引人，车子走着走着，忽然山坡上泻下一片繁密的小野菊，你正想凝目看小野菊，却又忽见山岩缺口处温润如绿玉的村聚正有情有义地层在脚下，任神仙看了也想下来走一遭。正痴想着，又忽见蜿蜒前路上有着许多蘑菇似的形状，仔细一看是山民顶着大包袱在走路。然后是惊人的大树，大得令人惊呼，可是一声惊叫还不及住口，人家又指给你看更大的整列的喜马拉雅山。人被种种美景惊动到极致之后遂转而不惊了，只觉那喜马拉雅就是该在那里的，山既不骄傲，也不是不骄傲，我不瞬目地看着它，只觉是旧识。一路行来，云里看过，雨里看过，天上看过，地下看过，此刻却特别宽阔而清楚。奇怪的是，坦荡相见的时候并不觉其露，雨雾相隔的时刻也不觉其隐。从小画熟了也念熟了的一带山啊，此刻相对，觉得它是我的——却也同时觉得它是天下人的，觉得它无限大，却也觉得它可以作我的屏风，或我的倚枕，古诗词上不是有“屏山”或“山枕”的字样吗？当我年老，要不要倚一列青枕入梦……

然后，一朵朵小野花又把我的魂叫回来，我仍然是置身车中的观光客。

尼泊尔、克什米尔一带盛产地毯，我好像渐渐了解其原因了：这一带多高山草原，每年春天，雪水初融，满山满谷一片纷红骇绿，整个大地无一寸不是地毯，叫凡人如何不想模仿？地毯又是用羊毛织的，羊是吃了青草才长出毛来的，想来羊儿的每一根纤维里都有对那一番万紫千红的记忆，织出来的毯子也正是那段野花芳草的旧姻缘啊！

贡马地区养了两千匹马，夏天让观光客绕山看景，冬天积雪约七米，又是滑雪胜地了。上天对克什米尔之厚爱实在令人惊羡，国内遍植崇山峻岭不说，而且同样一座山，夏天是玉琢，冬日是粉妆。大湖绵延，春天是可以嵌花的软玉，冬天则又是坚实的硬玉，真是左右逢源。

我挑了一匹棕色马，听说它名字叫Sunny Boy，阳光男孩，蛮好的名字，马夫牵着马，一路叫着“补卢蛙——”而前。

“那句话是什么意思？”

“就是‘往前走’的意思嘛！”

“马怎么懂呢？”

“从小教当然就懂啦。”他一副克什米尔马自懂克什米尔话的样子。

明知是别人驯好了专供观光客骑的乖马，明知马夫在旁陪着，但一缰在握，从两千七百二十七米的高原下望人寰，仍然自觉意气雄豪，此生此世，想起一度跨鞍徐行，遥看喜马拉雅，也该心满意足了吧！

在克什米尔，买东西也很好玩。曾有一个早晨。我们六点钟出发，去看水上的蔬菜市场，一条一条装满蔬菜的船，或是淡绿的丝瓜，或是浓紫的茄子，或是长长的豆，或是团团的大头菜，那种船比游船更有意思，一艘艘毫无观光色彩，只是平实的生活，但每一船又不自觉地那么美丽，卖的不仅是菜，也是颜色和造型，至于卖花的船则更是簇簇拥拥地数不过来，其中有些船独自侧弯到荷花田里采些荷叶荷花扎成一束来卖，颜色虽不多，众船里却绝不会弄错，因为没有一艘船会比荷花船漂亮，他们扎荷叶的方法倒也奇怪，四枝荷花穿一枝荷叶而过，像是坐标图，四个象限里各有一朵美在坐镇。慕蓉买了两把，大家抢着拿来照相。

除了蔬菜市场，整个大湖全是他们的商场，不到夜晚，绝得不到清净，他们卖皮件、卖弯刀、卖木雕盒子、卖宝石、石头和各种手工艺品，有时令人烦急，因为每条观光客的船总会被三五条船夹起来盯梢，当然，有时候放宽了心，把它当成观光的必要遭遇倒也罢了，其中如南华倒也买了一条很出色的不丹的钱穿成的项链，我自己花二十美元买了一件皮背心。当时卖主指着我的毛衣外套，我一听大喜，这件老毛衣我久欲摆脱它，却因款式老颜色暗而不好意思出手送人。要丢嘛，它又偏偏一点也没坏，连扣子也不肯掉一粒，只好自己拖拖拉拉地穿着，事实上我还带过丈夫小孩的衣服一路送人，此刻这件衣服居然可以搭配着算是“以物易物”，实在好玩。成交时刚好到岸，两下都很高兴，他说了一句：“这件衣服，我要带去给我妈妈穿。”我一听，又不免心痴意醉起来，春秋薄凉的日子，早晚露冷的时辰，会有一位陌生的克什米尔老太太。穿着那件藏蓝色的老毛衣，想世人之间的因缘，物我之间的聚散是如此曲折，那毛衣我平日虽不太喜欢，此刻却也有点徘徊留恋的意味。“以物易物”真是好，家里每样东西都像章回小说，其来处有所承袭，其去处可做下回分解。

克什米尔到处种着一种叫“迁那惹”的树，树身细长，不是龙柏或枞树那种塔形的细长，而是上下一般细长。叶子也不呈针状，而是一片规规矩矩正常的叶子，听说这树是来自波斯伊朗，是居民移植过来的，而且据说长得比原产地更高大青盛，那树看来沉稳安静，似乎在说：“让我把脚踮高一点，容许我再高一点，让我多握一把阳光。”它就在那样的渴望中不知不觉地长高了。

克什米尔到底有什么好？不过是个有山有水有花有鸟有朝阳有落日的地方罢了，不过是小船载着直莽的歌声行在荇藻之间的地方罢了，不过是夏来有荷花秋来有莲蓬以及草场上有羊群，市场上有羊毛披肩的所在罢了……只是我们到底迷上了它的什么？我们为什么对着一个破衫的小女孩也会着迷，我们为什么要求舟子一遍一遍带我们放槎于深夜的湖上，我们为什么一直恳求旅行社的人问他们有没有两天以后的飞机好让我们再多迁延徘徊一下？

想当年一世之雄阿克巴大帝，生平武不可当，仁而无敌，唯一能征服他的，竟是克什米尔的山水。那些花园就是他迷上这些山水以后建造的，聪明如阿克巴大帝，恐怕当年早就看出，自己的那些花园，不管如何花团锦簇，终须棋输一着，阿克巴——这印度莫卧儿帝国的汉武帝——在他临终闭目之际，被询以“你还有什么希求”？（奇怪，为什么要这样问呢？倒像问临刑的犯人，也许临终和临刑的确很难分吧！）他在卧榻上喃喃然说：“克什米尔，只有克什米尔……”

而阿克巴大帝的孙子，深情的沙杰汗——也就是为亡妻筑泰姬玛哈陵的那一位，也在初见克什米尔的时候惊道：“如果地上真有乐园，那……就是这里了，就是这里了……”

而我，同样承认克什米尔的美丽，同样耽迷于山高水清的嵚崎，烟笼月抱的幽凄，但心态上却又偏偏不肯像那些帝王那样毫无考虑地把最初的震撼和最后的柔情一并给了克什米尔。我的心是有所系念的船，任江洋漂泊，回过头来恋栈难舍的仍是那一段短短的系舟的木橛。

好好地美丽下去吧！克什米尔。美给高僧如玄奘看，美给豪杰如阿克巴大帝看，美给过客如我看，更美给万千在这块土地上的生活着的人看。让船屋夜夜泊在湖边，仿佛即将启程往梦中航去，让蔬菜船朝朝在荷香中周流，你这世上最漂亮的菜摊啊！让东山西山负责地铺陈朝阳和落日，让达尔湖常执行其“澄澈任务”，如某个诗人所说，让“鸟在水底飞，鱼在云上游……”愿高原年年将自己密织为“散香的地毯”，也愿地毯作坊里四时编结暖和而不凋的鲜花，愿寒泉喷激处，游客以“无愿”为祝愿。至于那些翠羽的鸟，不管你们的翠羽是白山提炼出来的白水提炼出来的或是白天空提炼出来的，愿你们出入山水上下水天之际，做一切绿色族类互通音问的信使。

而我，克什米尔，我不能给你以少年的激情，我不能给你以临终之际的祈祷，我给你的只是一个旅人的魂牵梦绕，只是一个过客的驻足叹息。但这样，不也够了吗？在你山重水复的大卷轴里，请仔细检视，不是还有我——这千古以来不知第几个观画人——悄悄按下的一枚鉴赏章吗？小小的一寸鲜艳的朱砂红，深情而多事的一按，恰恰好是一颗心的原印鉴啊！

情冢

——记印度阿格拉城泰姬玛哈陵

要去印度了，心情有点像十六七岁的女孩，知道前面有一场惊心动魄的恋爱，那人的粗细长短似乎并不重要，重要的是，我要谈恋爱了，这是大事，极慎重极兴奋，是秘密的隐私，却又恨不得昭告天下。当时搜了一堆参考书，竟又偏偏不去看，因为喜欢留几分茫然和未知。

“啊，可以看到一些佛教古迹吧！”

有朋友如此说，我笑笑。

“可以看看印度教的艺术！”

更内行的朋友如此说，我也笑笑。

至于我要在印度看到什么，自己也说不上来。好似王宝钏站在彩楼上，手里握一只绣球，想要丢给一个叫薛平贵的男人，而薛平贵又是谁呢？一个远方的流浪人？一个在幻象中红光护体让人误以为花园失火的人？不知道，但知绣球落处，一切一定是好的——因为我相信它是好的。

及至到了印度，才蓦然发现，许多让人流连的古迹，都是莫卧儿帝国时期的，“阿格拉”古城就是如此。

阿格拉几乎是莫卧儿帝国时期的“副都”（正式首都在德里），天气干燥，土质多砂，倒有几分具体而微的大漠景观：不知是此城的天然环境较近沙漠，容易引起蒙古人的乡愁，所以会有许多位莫卧儿皇帝都来建造它，或是因为这城既被许多莫卧儿帝王所钟爱，久而久之，竟也很知礼地把自己归顺为大漠景观以求回报。总之，这城市和其他湿热的城硬是不同。

飞机到了城市上方，俯首一看，毫不费力地就看到泰姬玛哈陵墓在下午的阳光中兀自白着。彼此一照面，虽各自一惊，却不肯就此泄了底，只两下里静静打量不语。还有两天呢！我要好好看看它，此刻先不急。

旅馆是美式的，前面停着出租车、三轮车、马车和骆驼、大象，这一切交通工具都等着要把客人往陵墓带去。想着这么大这么新这么漂亮的一家旅馆，一年三百六十五天，日日住着想要去一窥泰姬玛哈陵墓的人，不能不说是一奇。旅舍中人去探陵墓中人，而旅舍难道不也是陵墓吗？陵墓难道不也是旅舍吗？想着想着，忽然迷糊了。

我的房间里除了正常的两张床以外，紧靠大片落地窗有一张八角形设计贴地而做的床，周围绕以矮矮的有图案的木栏杆。所谓床，其实只是围着栏杆的软垫，上面放一个圆柱形的枕头。

“为什么要有这样一种床呢？”我问提着行李在等小费的侍者。

“这是莫卧儿式的床。这里常常会有伊斯兰国家的人来住呢！”

莫卧儿，这名字倒是听过，但自己的屋子里跑出一张莫卧儿床，感觉又拉近多了。我忙不迭地脱了鞋爬上“莫卧儿”式的床抱膝看落地窗外的草坪和花园。莫卧儿，奇怪，莫卧儿分明是帖木儿的五世孙在阿富汗、印度一带所建的帝国，帖木儿本人又是元室的一支，想来中国人和莫卧儿国也不是完全非亲非故了。如果不是十九世纪英国人入侵，现在印度也许仍是莫卧儿帝国，那又是怎样一番景象呢？落地窗外红花绿草兀自低迷。

晚饭前，我们去赶一趟“夕阳下的泰姬玛哈陵”。

资料上都说泰姬玛哈陵是纯白色的大理石造的，其实不然，天然的东西总难得有百分之百的纯白。照我看，它的好处正在某些石块的微灰微红微棕所造成的立体而真实的感觉，如果每块石头都纯白不二，恐怕看起来反而会平板呆滞，有如一张大型照片。

黄昏很合作，适度的霞光把四野拢在水红色的余韵里。正对着陵墓的大门前是一列几百米长的水池，一条不可踩踏的琉璃甬道。看到这里，才知道美国林肯纪念堂前的那一池水光是从哪里偷来的。而且仔细一想，连白宫都有了嫌疑，白宫太有可能是从这“世界七大奇工”之一的陵墓偷去的构想，至少那份“白”，和那圆顶就有点难以抵赖。

大抵看墓园，最宜在黄昏，日影渐暗之际，归鸟投树之时，声渐寂而色渐沉，只丢下你和墓，相对坐参“死亡”的妙谛。而后，天忽然黑了，你不知道幽灵此刻等着去安息，或是去巡游，心中有一份切肤的凄楚。

因为贪看天光的变换，舍不得到陵墓里面去，只绕着整栋建筑，看那敦实的圆顶，看那些门框上看不懂的由花色石头嵌成的《古兰经》文。

“哈啰，你们为什么不进去看？”有几个贴墙而坐的男孩闲闲地说。

“我们没有时间。”不知道是不是由于习惯，我们顺口这样回答。

“哼！没有时间！”有个男孩几乎有点气了，“你们花了几万块钱，老远跑到这里来，来到这里却不肯进去看，还说‘没有时间’！”

“啊，今天晚了，”我们忙着解释，“明天我们会再来看。”

“明天！明天和今天是不一样的！”他的语气一半愤然，一半不屑。

我们出其不意地挨了一场骂，但因为喜欢他的自豪和霸道，都乖乖地闭了嘴敬聆教益。其实世间景物何曾有一瞬相同？早晨是行云的，夜来可能是山雨，百千年前的沧海此刻可能是桑田，曾经四足行走的那个奇怪生物，此刻已历经二足行走的阶段而进入三足行走的末程。世间何尝有一物昨日今日可做等观，那男孩毕竟是太年轻了，弱水长流，我只能尽一瓢饮，世界大千，我只能做一瞬观。我虽一向贪山嗜水，恨不能纵云蹈海，但也自知人力有时无穷，玩到力竭处，也只能拿《牡丹亭》里小丫头春香的一句戏词自我安慰，所谓：“这园子委实观之不足——留些余兴，明日再来耍子吧！”

人生能尽兴处便尽兴，不能尽兴则留此余兴，但这些话太繁复，没法一一讲给那年轻的男孩听，且留他在暮色里独自愤然。能爱自己的景观爱到生气的程度，这人已够幸福，让他去生甜蜜的气吧！

暮色极深了，我们走不了三步就忍不住要一回头去看那建筑，远远

只见陵寝内有一支隐约的蜡烛摇曳的微光。整个建筑俯下身来护住那一点火光，像一只温暖的白色的大灯笼。

泰姬玛哈陵晚上不开放，但月圆前后四天例外，因为月下的陵寝又有一番玉莹的光泽。伊斯兰教徒给人的印象虽每每失之太强硬，但他们对月亮却独有深情，可惜我们没有算准时候，此刻尚是月牙时期。想来想去，等到月圆之夜来夜游泰姬玛哈陵是不可能了，只好自己加一段行程——在睡眠中去魂思梦想吧，月不圆之夜，对梦访者，那扇门应该仍是开放的。

凌晨绝早，我和南华赶在朝阳之前，又跑到陵墓去。心情竟有点小儿心态，一夜都急得睡不稳。排队买了第一张票，一走进红砂岩的门楼，只见将醒未醒的一栋古陵墓，在蓝天绿草之间兀然巍立。多奇怪的石宫，昨日初见，不觉生分，今日再访，亦不觉熟稔。它是盖给死者的，却让生者目授神移，它是用石头建成的，却又柔于春水柔于风。

我和南华坐在石板地上，晨凉中痴痴地看那穆然的殿宇，癫狂就癫狂吧，如果要我看长城，我也有足够的痴情和癫狂啊！但长城万里，没有一寸为我而逶迤，我只能看泰姬玛哈的墓，它们同是世上的奇工，就让我像故事中崔莺莺说的“还将旧来意，怜取眼前人”吧！

（小小的翠羽的鸟儿，急速地从一棵树飞投到另一棵树上去，每一棵树都很碧绿很丰美啊，你们还挑来拣去干什么呢？你们叫什么名字？我叫你们作“树的电波”好吗？你们必是那些绿色的树所放出来的绿色长波短波吧？）

本来以为绝早之际，不会有游客，不料却有跟我们一样早的人络绎而来。令人感动的是其中大多数并不是东洋或西洋观光客，而是来自四乡的，还有结队成群的锡克族人。锡克人照例头上缠一块布，上身或着汗衫或赤裸，下身又是一块缠布，不知怎么缠的，竟缠成灯笼裤的形式，腕上戴锡环，而且，像约好了似的，大家一律长得又高又瘦又黑，这世界上几乎大多数的“漂亮地方”都是外国观光客的天下，但这些显然并不有钱的本土锡克族人却跋涉而来，要看看自己伊斯兰世界里无限庄严的陵宫，这景象跟我常在故宫博物院看到中国小孩东张西望顾盼自雄的神采一样令人生敬。

这是一个怎样的早晨，一群远自台湾出发的中国女子，来看莫卧儿王朝五世国王沙杰汗国王的爱妻泰姬玛哈的陵墓。我们也身为人妻，也为某个男人所爱宠，我们一方面是来看这世上极雄奇的建筑，我们同时也来看这个一如寻常夫妻的平凡的爱情故事。

陵宫临河，河名朱穆拿，是恒河的一支，隔河是旧皇宫，以及猛虎为守的古堡。朱穆拿河在皇城一带是勇壮的护城河，但在陵宫之下却流成一首温婉的情歌，低低的，怕惊动了什么似的往前淌去。

世上多的是伟大的工程，但大多跟宗教、国防、炫奇矜能有关。金字塔当然足以令人叹服，以弗所的黛安娜月神庙也令人肃然，但看泰姬玛哈陵却令人心潮涌动，如黄河化冰，澌澌有声，看大匠奇工，竟能令人悄然泪下的，世间恐怕只此一处。

庞大的陵墓何处没有？秦始皇的陵寝光看数字已令人跌足而叹！那规模哪里是坟墓，根本就是一个城市，但泰姬玛哈陵却是一个丈夫献给妻子的爱，只此一点，便足千古。

早晨仍然清凉，我和南华仍然发痴一般的远远地坐着，慢慢地遥读每一块石头，每一片镶嵌，想三百七十年前的一代风华。据说这是沙杰汗王子和蒙泰慈·玛哈王妃初遇的地方，她原来的名字是“皇城之荣”的意思。她十九岁出嫁，过了十九年的婚姻生活，其中十七年是王妃，两年是王后，生了十四个孩子，却夭折了七个，最后生完一个女儿，便在随夫南征的营帐中死去。想来做贵夫人也大不易，如果说“半生忧患”，倒也是实情，而沙杰汗对她的深情，恐怕也是在这番转战南北，相偕相伴的寻常百姓的夫妻之义而来的吧！细味“寻常夫妻”四字，只觉得有余不尽。

陵宫并不极高，只有约七十米高，约等于二十层大厦而已。四角远远的有四座同质料的石塔，算是祈祷塔，看来陵宫是被祈祷所环护的。石塔用肉眼稍微仔细看立刻可以发现与地面并不做九十度垂直，而是稍稍向外侧倾斜。这些细微处一看便知道是一个体贴入微的好情人设计的。他怕年代湮久，石塔倾圮，所以预先在设计上把它向外斜出，即使有一日，地老天荒，石崩塔坏，也不致向内压倒，惊动陵寝中那美丽女子的睡睫。

一个极小的男孩，正正经经目不斜视地往前走去，那么小的孩子竟有那么肃然的表情，我几乎想笑，但终于没笑出来，只凝神看他一路走向陵宫。他将成长为一个怎样的印度少年呢？他也会是一个“情之所钟，正在我辈”的人吗？人间的爱情能一脉相传吗？世上多的是伟大的史册，堂皇的建筑，但泰姬玛哈的建筑却是秀丽而深情的，小男孩啊，你看懂了什么，你记取了什么？

泰姬死于一六三〇年，陵宫自一六三二年盖到一六五三年，每天动用工人两万，其间曾因政治局势而停工一段时间。沙杰汗死于一六六六年，三十六年的鳏居就国王来说是一件奇怪的事。那是一个月夜，那年他已七十五，爱情却犹自温热，据说他临终时从古堡的病榻上支起病体，遥望朱穆拿河对岸的月光下的泰姬玛哈陵最后一眼，方始咽气。

他们合葬在一起，国王的墓尺寸上稍大一点，但他早已把中线的位置留给爱妻了。他自己像一个因事晚睡的丈夫，轻轻地蜷在一旁休息，这一侧卧，便是三百年岁月。不管人间几世几劫，他们只一径恬然入梦。

听故事的人常常听到的是沙杰汗的爱情，一首国王和王后的恋歌，但泰姬玛哈陵其实是一则双料的爱情故事。沙杰汗虽贵为国王，毕竟不是建筑大匠，当年丧妻，一心虽想造一个好陵寝，却又不知如何着手。当时刚好有一位建筑师来献图，整个设计虽大体仍沿着伊斯兰建筑的圆顶和塔柱的基型，但是他敢于建议用白色大理石代替旧式建筑的红砂岩，在比例上也做得匀称完美，沙杰汗终于决定采用他的设计。

而那位建筑师，我们所不曾闻名的一位，为什么能有那么细腻美丽的设计呢？原来，他当时和沙杰汗一样，同是丧妻的伤心人。一个有大匠之才的男人和另一个有权位在手的男人，两人都拗不过命运，同时丧失了他们的妻子，但他们却执拗地爱下去，两个人合作完成了这项奇迹。建筑师的设计原来并不是给王后的，他是为他自己心中的王后，他的亡妻而设计的。虽然陵墓后来以泰姬玛哈为名，但想来他自己的妻子却必然带着了解的微笑临视每一根柔和的线条。她会说：“我知道你是为我做的，不管别人叫这墓为什么名字，我爱啊！我知道，你是为我做的。”

那是一则双倍份的，爱的故事。

在这里，每一块大理石和另一块大理石之间是以爱情为黏合剂而架构起来的。

轻轻地走过，轻轻地传述这古老的故事，不要惊起一则三百年前的爱情。

陵墓里面到处饰以整片的镂花石板，长宽各约五尺，看着实在觉得眼熟，有些分明是石榴或莲花的图案，石棺的周围尤其明显，除了必要的小入口，四下用这种石饰绕得有如一圈石篱笆。

“这些雕刻，当时都是从中国请来的艺术家雕的！”导游说。

怪不得看着如此亲切，算来当时是明朝了，不晓得是怎样一批人千里迢迢来到印度做镂花石匠。这种图案分明是该用木头刻的，他们却硬把石头当木头来着刀，而且刻得如此亦娟秀亦刚健，实在令人爱不释手。做个没学问的人真好，因为永远遇到意外，跑来印度看到伊斯兰艺术自己已觉得十分可惊可奇，及至在王后陵寝中又发现中国匠人的手迹更是瞠目结舌，乍悲乍喜。

墓穴分两层，上面一层是“虚墓”，下面一层才是“实墓”（另有一说谓真正的墓还要再掘地数丈）。不过那种事对我而言不具意义，那是考古学家和盗墓者的事。

墓前坐着守墓人，一灯如豆，他不时长啸一声来表示陵墓设计上的回声之美，伊斯兰世界的音乐别有一番凄紧扣人的魔力，我在回廊中转来转去，听回声盘旋而上，如果中国诗人相信鸟鸣可以使深山更幽静，则这串吟啸想来也可以使陵墓更肃穆庄严吧！

太阳渐渐升高，整个墓宫也由凌晨的若有若无的莹白色转变成为刚烈的金属白。当年建材的选用真是高明，简直有点道家的意味，以不设色为色，结果竟反而获致了每一种颜色，时而是晨雾牵纱，时而是夕阳浴金，阴晦时有含烟的温柔，晴朗时有明艳的亮烈。天空蓝中带紫，谦逊沉着，仿佛它的存在，只为给泰姬玛哈陵做一面衬景。已经五个小时了，我和南华移坐在石塔的阴影里，依然目不转睛地望着那不朽的美。

手边有一本印得很粗陋的明信片，上面引了几位诗人的句子，这种题咏，总是显得吃力不讨好，有一位乌尔都诗人（乌尔都是印度的主要种族之一）说：

“好像沸腾（冒泡）的牛奶湖。”

另外一个印度诗人说：

“以皎柔的月光筑成的仙境。”

和真正的泰姬玛哈陵相比，那些诗句显得笨拙而又多事。

“别人怎么说，我不管，我说，”导游一副志得意满的样子，“泰姬玛哈陵像一颗爱的眼泪的结晶。”

他说完，等着大家鼓掌，我们鼓了，心里却不甘心，因为觉得也没什么大好处。

其实说泰姬玛哈陵“像什么”是徒劳无功的，它什么都不像，它是它自己，无可比拟，而且，也不必比拟。它清清楚楚说明了两个男人的悼念之忱，使人想见当年两个早逝妻子的清纯可爱。

“你们喜欢泰姬玛哈吗？”导游像考小学生一样问大家。

“世上所有的女人都会喜欢泰姬玛哈的故事！”我说。

一个印度女人擦身而过，她穿着一身湖绿色的纱质纱丽，真正的“其人如玉”，微风动处，“如玉”的裙裾又复变得“似水”。而当年的泰姬又是怎么的风情呢？十九岁初嫁，朱穆拿河里曾经鉴照一双怎样的璧人！

再看一眼泰姬陵，再想一遍前因后果，以恋栈不舍的目光为花，再献一束芬芳吧！

泰姬，世间所有的女人，基本上是彼此知悉的，因此，容许我和你说话，像朋友一样，泰姬，世间的万千故事里，如果少了你的这一则，将是多大的遗憾。

泰姬，希望在垂老之年未至以前，我能再看一次这陵墓，在月下，在雨中，在朝暾夕照间。

泰姬，幸福的女人，你使我明白，什么叫作一个女人的幸福——而且，原谅我，当我赤足走在绿茵上（伊斯兰教、印度教和佛教的庙堂都要求参观者脱鞋），当我坐在石板上，当我穿过白花盛开馨香感人有如一卷经典的绿树，当我叩响每一片大理石的清音，去遥想你隔穴的心情，我忽然为强大的幸福感所攫住，并且重新估计自己究竟拥有多少资产。

你盛年而死，我却活着，并且很无赖地强迫丈夫要把一首叫《白头吟》的歌练好，以待他年唱给我听。

你虽身在世上最美的陵墓中，却不及见其设计之典丽，嵌镶之繁富，我却千里而来，相对俨然，身在山中不见山，何如身不在山中而可以追烟捕岚听风观树。泰姬啊！一棺之隔，我原以为我要来嫉妒你的，而现在还是请你嫉妒我吧！

你活着的时候有仆从之盛，宫廷之富，我却只有小小的公寓，和一畦“日日春”，种在绽红送翠的阳台。但我的那人却说：“天地虽大，有一小块地方却属于我们。”当紫薇和小茉莉相对各自紫其紫白其白，我爱宇宙间的这立锥之地远胜皇苑。

泰姬，这样的陵寝而今而后再也不会有了，这样耗费一亿多人次的大工程古来也可能只有这一座了。有一日，如果死亡走进我的屋檐，我们会束手请它先带走它所宠眷的一位。如果它先带去的是我的丈夫，我确知我的名字将是他口中最后的呢喃。如果被选中的是我，我也深信我的墓穴会是一座血色的红宝石宫殿（和你的白色系列成为多么漂亮的对比啊！），红而温暖，在一个终生相随的男人的宽阔胸膛中，中间而稍左，在那里，我将侧耳，有比那更好的位置，宇宙的坐标图上最最温柔的一个点。

泰姬！

远程串门子

——记尼泊尔之游

楔子

把校好的书稿放在桌上，微一侧首，阳台右侧的朝霞陡然间红了上来，而且正不动声色地继续红下去，都市里朝霞当然不是什么大不了的景观，但是仍然叫人惊奇错愕，原来天已经亮了，原来我已被这本书搞了一整夜:三十万字的选集校阅起来固然累，但累中有兴奋，仿佛去看阅兵，见武器陈列成林，心里说不尽的喜欢快要爆裂出来，觉得那些好东西全是自家的。

被工作弄得这么累，去享受一番尼泊尔假期好像比较理直气壮一点了。为什么要去看别人的山川呢？是自己的山川不好看吗？不是，正是因为自家的一切太好，有情的山河，有情的岁月，像我校阅的那本书的书名——《锦绣天地好文章》，一切是如此饱溢，如此完全。我觉得自己像古代闺中的女子，绣好一丛三春的牡丹，自己左看右看，观之不足，结果竟放下针线自去隔壁看王家姐姐李家妹妹，想看她们绣了些什么，相较之下有赞叹，有艳羡，也有一份偷偷的自得之情。

与其说是去观光去旅游，不如说是去“串门子”。串门子本是女人爱做的事，而这次同行的游伴九个人中竟有七个女人（其中有一个带了丈夫，另外还有一位退了休的颜先生，大家叫他“阿伯”，竟有点忘了他是异性，旅行社还派了一位男士导游护驾，凑成十个）。五千年来大约从来没有一队中国女人这样快乐这样疯癫，这样拿着自己赚的钱猛然一掷花在西行的路上。如果人间的千年只是宇宙中的一瞬，我们应该还可以看见一本正经的玄奘正穿着一袭袈裟，手执大唐的“护照”往大漠走去，我们应该可以听到丝路上驼铃叮当，驮着五彩的丝绸和茶叶一径入天涯。

天亮了，为了陪我熬夜终宵在阳台竹榻上和衣而卧的丈夫也醒了。小花圃里的“日日春”红耸耸地错成一片，非常地不个人主义，这种花简直像武侠小说里五行八卦或七星北斗排位的阵式，单独一株不怎么样，合起来看真是攻之不破的“美的壁垒”，看久了，不免目醉神摇。小小的松叶牡丹正含着苞，这唯太阳是从的小情人，太阳不正式升上来，它是怎么也不肯露脸的。

这一切如此之好。

“我怀疑我会长寿。”我回头对丈夫说。

“唔——”

“有两个词牌名，我一向很喜欢，一个叫‘惜花春早起’，一个叫‘爱月夜眠迟’，我觉得说的好像就是我。我老是舍不得，老是舍不得，只觉得万事万物都好，好得不得了，日日是好日，时时是好时，叫我去睡觉我是不甘心的，以此类推，叫我去长眠，我大概也是不同意的。”

丈夫一笑，他知道我是惯说疯话惯做疯事的。

我有时想去弄块木头或石头，上面刻着“一生玩不够”五个大字。人生应做大玩家，玩电动玩具、玩麻将、玩股票、玩吃、玩喝、玩政治、玩名、玩利都是小玩，唯有玩山玩水，邀李杜而友孔孟，同游于经史子集，同感于泰山之矗立，同喟于逝水之不止，乃至大难来时，革命创制，出民水火，寄头颅于肩上，舍肝脑于一诺（所谓“杀头好比风吹帽，敢在世上逞英豪”是也），斯为大玩。但转而想想，金石家每每刻个什么斋什么楼什么轩，其实何尝真有什么房地契，只不过把雕梁画栋凭想象搬到一块小章子上去罢了。我干脆也凭想象省此一道手续，连章也不用刻了，自己知道自己“一生玩不够”就成了。何况石头和好作手难求，要刻那么一个章也要好几万元吧？不如省下钱来抽空再找个地方去玩玩实惠？

如今那方图章是刻在我心脏上，它每跳动一下，就打下一记戳记——“一生玩不够”。

二

一下飞机，大伙儿不仅心情雀跃，而且真的高兴得跳起来——这干爽晴朗，四山送青的地方就是尼泊尔了。

机场很简单，却不见寒碜，因为远处自有一列壮丽的山相护卫——

其实不是一列山而是半列，因为有一半在云里天里，让人看着看着就呆了。仿佛山正歉然地说："最近我在整饰山巅部分，只留下山根部分供你洗目供你动心。每年我们要把山头交给天空去染翠，交给白云去拂拭，并且让疾风重新雕镂，让神明再按手祝福，然后，我才能再择吉开张……"

旅馆的名字叫香格里拉，红砖高墙上爬满了蓝紫色的牵牛，有种空庭深锁的寂寂然的意味，屋舍的瓦楞意外地竟有些西班牙风味。

学会了一句印度话："拉玛斯泰"，那是"早安""午安""晚安""谢谢""你好""再见"，反正一切人类的问安无不包括在里面，倒也简单。说的时候，双手合十，放在鼻下，则尤为恭敬。在以后十四天的旅程里居然靠这句话赢得到处的友谊和微笑。原来人和人之间的善意表达起来竟是如此简易，那些多出来的语言和文法真不知要它何用。

前赴四眼神庙，说庙，是中国人的讲法，印度话里却叫"斯丢巴"（Stupa），这种建筑物或做圆筒形，或做方锥形，从四面八方每个角度看都是一样的，最特殊之处在于它是实心的，完全不能住人。中国的大雄宝殿习惯上做扁形设计，看来气象恢宏，泰国庙是直进式的，靠飞檐来取巧（简直像泰国舞里善翘的指尖），复靠贴上金碧两色的玻璃片炫人眼目。印度和尼泊尔的"斯丢巴"纯粹为了崇拜而设，中国故事里的落第士子住进古庙的情节是不可能发生的了。

四眼神庙更准确一点说应该是八眼神庙，因为四周方锥形的上端各画一双眼睛，代表临视四方无所不在的神明，眼下有回形纹，像鼻子，也像问号，导游却说代表"通往永恒之路"。此庙下半部做圆墓形，上半

部做方锥形，象征天圆地方，倒是与中国想法很一致。

四眼神庙因为是世上最古最大的一座“斯丢巴”，而且庙又坐落在“猴山”上，另有一番趣味，差不多是观光客必到之地，可是我自己印象最深的却是伏在游览车上看到路边的一队殡葬行列。当日车过处，尘土飞扬，下午的淡阳照着灰色的浮灰，烟尘中两个人一前一后挑着一枝竹竿走来，竹竿上简单地垂着一个白布裹缠的人形，看来觉得头部异常干小，竹竿上方松松地搭着一块橘黄色的布，人死竟是可以这样简单省事的。他们一行和我们的车子交错而过，我急急回过头去，用目光再追送他一程。这人是谁呢？是如何的因缘使我们如此擦肩而过？他刚结束他的尼泊尔之旅，而我却正好赶来开始我的。我们将有缘共亲一块土地，他在土壤之下，我在地壳之上，我代昨日的他仰视蓝天，他代明日的我亲吻土地，如此一错踵间，我们竟不再是陌路。回顾同车游伴，或叫或笑或歌或盹，其间因缘聚合又当如何珍惜！

二

旧说尼泊尔是一带大湖，遍生荷花，四面的山像盆沿一样圈着它。后来得神明之力，猛然一刀切下，（是国画里所谓的“大斧劈”吗？或是中国成语里所谓的“鬼斧神工”？）切出一道缺口，众水立刻决如龙奔，湖底遂成良田。我们站在如削的绝壁上，俯视至今犹沿着切口急奔的尼泊尔圣河，只觉亿万年前的荷香仿佛在臂，那山谷微凹而侧，脉络缕缕，依稀是当年的田田荷叶。

三

去参观藏族同胞织地毯，是第二天的下午，正愉快地蹲在地上学人用两把大铁刷反方交错梳羊毛，猛一抬头只见一张大大的黑白照用镜框框着挂在房间尽头的墙上。我跑过去看，只见一条白丝的哈达（哈达即丝巾或披肩，内蒙古人、西藏人每以示礼物、祝福之意）柔柔地搭在镜框上方，两端分从左右垂下。面前还供着小小一钵花。身后梳羊毛的妇人一一低声唱起藏语的歌，那声音像群山间单调的吆唤，低回处却显得郁勃而悲哀。一屋子流离温馨恬适永远是别人的，他们却一直没有找到一个可以放下一张地毯的名叫“家乡”的地方。

四

我开始渐渐了解我为什么那样魂思梦想地渴望一赴尼泊尔了，只为它是我少年时每画中国地图，画完了边陲必然附加的一个名字吧！只为我不能亲去西藏，便隔山怅望，借此了一了所谓“见舅如见娘”的痴愿吧！

五

慕蓉一个人在后座流泪，她是内蒙古人，这里离她的故土更近，有一天她在店里看见一只银碗，忍不住叫起来：“从前我祖父就是用这种一模一样的碗吃饭的啊！”她又在摊子上看一只镯子，镯子上刻着祷文，小贩为了讨好她，把那句话念给她听：“唵——嘛——呢——叭——咪——吽”她忽然忍不住泪水夺眶，那正是她小时候常听外婆念诵的一句话，意思是“莲座上的佛啊！”

我们究竟是来干什么的？是来玩、来快乐的吗？是的，但也是来悲伤的。我们是来飞跃昂扬的，却也是来愤郁沉潜的。

六

第三天去看喜马拉雅，早晨看日出，下午去另一个山头看日落。百年是不可期的，人生不过是三万五千天左右罢了，这其间竟有一天是早也看山晚也看山，终日以山为事的，这份幸福也就够令自己心满意足的了。

玄奘所写的《大唐西域记》有这样一段话：

苏迷卢山，唐言妙高山，旧曰须弥，又曰须弥娄，皆讹略也。

《释氏要览》里也说：

四洲地心即须弥山，梵音正云：苏迷卢，此名妙高，此山有八山远外，有大铁围山，周回围绕，并一日月昼夜回转照四天下。

其中所谓的须弥山或苏迷卢山，据李霖灿教授云就是喜马拉雅山。

不过当然从宗教语言来说，须弥山就是须弥山，不需指某座山，它自有它的象征意义。唯此刻对着喜马拉雅想一想须弥，感觉也不错。只是一想起须弥山，记忆就热闹起来了，《西游记》里黄风怪将三藏掳去黄风岭上，孙悟空两眼吃它一阵怪风吹得酸疼，好在他得人指点，到须弥山上去找灵吉菩萨借“定风丹”和“飞龙宝杖”。

孙大圣跳在空中，纵筋斗云，径直往南上去，果然速快，他点头经过三千里，扭腰八百有余程。须臾，见一座高山，中间有祥云出现，瑞霭纷纷，山坳里……

而今，我们一行站在喜马拉雅或须弥山前，不见定风丹，不见飞龙宝杖，只有冷冷的横雾相对。

当年的“一根飞龙宝杖丢将下来……却是一条八爪金龙，拨喇地抡开两爪，一把抓住妖精，提着头，三两摔，摔在山石崖边，现了本相，却是一个黄毛貂鼠……”

云雾渐散，没有韩愈开衡山之云的妙笔，但云却自己开了，我们一行对山而坐，在一家小小的“那甘柔客栈”（Nagarot guesthouse）门口，咖啡极难喝，不过取其暖意罢了。山里又湿又冷，但云雾乍然揭纱的刹那大家忍不住高声欢呼起来，看见喜马拉雅了！看见喜马拉雅了！

喜马拉雅，苏迷卢，如此干净如此宛然，坐下来跟山对看，山竟是这般无嗔无欲的，一点也不戏剧化，仿佛开天辟地以来它本该在那里的。尼泊尔看山并不稀奇，它的边境百分之九十依在喜马拉雅的手臂里。

想一山之隔，山的那一方是雅鲁藏布流翠的西藏，接下去依次是千湖炫碧如孔雀开屏的青海，然后是全国的地理中心甘肃，是有着长安和咸阳一双古城的陕西，以及故事里有包公坐镇政清如水的开封府的河南，然后是江苏，以及我那项羽住过、白居易住过、苏东坡住过的徐州古城，我的故乡。然后是海，盛产神仙的东海。

一山相隔，山外有多绵长的一条路，有多悠长的一个故事，一段五千年的密密实实的起伏情节。而我，为什么偏偏站在这一面看山？

山头多云，雨必有一日要回归为水，水将凝成雪，如果我是雪，我将飘向哪一方呢？去噶达素齐老峰纵身为黄河，一路沿古星宿海，循长城经贺兰山，转河套，穿壶口、龙门，直窜渤海呢？抑或是沿巴颜喀喇一路稳稳地淌过莺飞草长杂花生树的三月江南，作为长江呢？抑或是沿雪山而下，流为西方世界神圣的恒河？

故事中的祥云仍在，只是须弥山上的定风丹和飞龙宝杖何在？世方大劫，云头里怎不见那根宝杖所化的八爪金龙来捉妖？万方多难，我们去哪一朵云里去索一颗定风丹揣在怀里？

爬山是不可能的，爬那种绝壁凌峰必须有专家的身手。风景照片里的雪岩冰峭只能远观不能近狎，人越大，越了解生命无可避免地总要留下几分遗憾，不能爬山且看山吧！有人呼山来即我，有人以身去即山，但面对喜马拉雅的庄严华灿，却既不敢叫山来，也无力就山去，想来也只有这样手持一杯热饮相对默然了。坐久后，自有一种契合，许多年前曾去学画两笔山水，画着画着就不耐烦了，倒是记得自己有次给画面题的句子：“买山无一计，照眼有余青。”买山爬山无非是一种可爱的多事，真正的绝高之山是既不能买，也不轻许人爬的，它是给人去心领神会的。世间如仍有面壁参禅之事，则唯有山脉的青壁可以启人既流动又恒定的智慧。

登山史上总记载一九五三年“英国人埃穗蒙·希拉瑞（Edmund Hillary）登上埃佛勒斯绝顶”，而事实上，更应该记的是“藏胞登增诺盖（Tanzing Norgay）爬上珠穆朗玛峰”。（一八五二年以前，藏胞一直这样叫这座圣峰，一八五二年却忽然跑出一个叫埃佛勒斯的英国测量师来“发现”它。）两人做的是同一件事，不过藏胞和英国人一起上山，谁是真正的高山之子？谁能指导谁爬山当然是不言而喻的。登增先生曾这样表示：

“在人类历史上，我是第一个登上圣山的人，这是上天的宏旨，我只有心存感激。虽然印度政府承认我为印度人，并为我在大吉岭建纪念馆，又送大片的土地与我；尼泊尔政府又说我是尼泊尔人。不管怎么说，我还是希望在有生之年，能看到西藏的同胞为我在西藏建纪念馆，并以我为荣，因为我体内流的是西藏人的血液。”

不管有多少人身抵绝峰，我仍然只承认第一个上去的是我藏族同胞。

七

但坐着坐着，一番乍然欣喜之余，有时又不免乍然而悲，悲的是我怕我仍会忘记。纵有照片、幻灯、明信片和新买的草织提包以及客栈老板自制的竹鼓在手，但仍然不觉得可以挽得住此际的感觉。我想我终会忘记这小小低矮的茶棚，棚下嬉笑的小孩，小孩手里黄色的野菊，偶然相逢的骑摩托车来看山的德国男孩，坡地上的鸡和狗，花和草，以及远方的亦明亦晦、亦晴亦阴、亦刚亦柔，于我却亦熟悉、亦陌生的喜马拉

NO. 130

雅。

也许正像古人的结绳记事，将来检视记忆，只能看到大大的一个“结子”。（也许会结成青绿色的结子吧！）只知道在生命里的某一个清晨有我极重要的“看山事件”，但那种种细腻的感受，我此刻尚且又惊又喜欲哭欲笑地说不清，遑论未来。

八

下了两千多米高的“观山点”，回到加德满都城里吃了些人间烟火，本地人不吃牛肉，牛排极便宜，饭馆一给就是十二两一块的大牛排。

九

天气阴蒙，下午的观山活动许多人不肯再去，只剩我跟“阿伯”两人又去赶落日。车子如行旋梯，一层层往高处爬，每过一带山泉，山就更深一层，走着走着竟不见了山，这才知道凝重如君子的峰峦偶尔也有顽皮如小童的时候，它们竞相闪躲在云雾里，竟玩起躲迷藏的游戏来了，一时间只觉满车都是白氤氲的烟气。凭窗望去，千山万木，都等着我去捉它们，我也不理，径自看我的云雾，只见有些经验不足的山躲得不够好，不是露脚露手，就是露鼻露发，明眼人一眼就看出来了，忍不住嘿嘿暗笑。

到了卡卡尼山头，果然不出所料，既无落日，也无山头，只见密遮遮一片灰白。看不到山，是一路上心理上早就准备好的，不见也罢，反正我知道它在那里，它也知道我在这里，就好了。人生许多事，也只能如此只许如此吧！见山的果见到山了吗？不见山的果然未见吗？痴望着那片浓云密雾，想象山的真容，此刻境界已近乎宗教。你承认它信仰它，它与你脉息相通，声气相求——你却并没有看见它或摸到它。

“你们来的不是季节。”导游歉然地说。

怎能说不是季节呢？没赶上“旱季”却也赶上了“雨季”啊，雨季难道不是季吗？何况名山胜水，怎容人在一天之内穷其奥妙？西湖十景里谁有本领同时看到“平湖秋月”和“苏堤春晓”呢？“断桥残雪”和“曲院风荷”也至少要去两次才看得到吧！我今不织而衣，不耕而食，且又御风来游，比古人所羡慕的“腰缠十万贯，骑鹤下扬州”更自在，天地之厚我如此，怎么再怪云雾不为我散？怎敢再怪落日不为我燃？

肩上是尼泊尔人手织的披肩，眉间是风雨，我坚持着把看不见的喜马拉雅山和未现身的落日看了个饱。

车子回程，天愈暮，云愈浓，想云和海必焉有其互为轮回的关系吧！云起时可以归聚成海，海激处，也可以腾冲为云。

十

尼泊尔山间惯见一种土砖盖成的小屋，亲切引人，仿佛是植物，是从土壤里刚长出来的。

“你们看到那一栋房子吗？”我跟游伴们说，“如果有一天，你们在台北发现我忽然失踪了，到这里来找我准没错。”

"你隔壁那一栋是我的！"同伴说，"你可以到我家来吃我做的葱油饼。"当然只是旅行人的疯话，却也自觉有几分认真，我们究竟爱上了什么？是那些无欺的脸吗？是黑眉大眼漂亮的孩子吗？是稻浪和群羊俯首吃草的牧野吗？是如攒如聚的叠山架嶂吗？是市场上有人担着叫卖的美丽的大大小小的陶缸吗？是到处开得黄澄澄的万寿菊吗？还是仅仅爱上了我们自己的一段爱？

再见，那几乎有些儿童趣味的舞蹈，那些驱魔舞、孔雀舞和面具舞。再见，被当作处女之神来崇拜的七岁的女活神，希望你快快长大，把这令人羡慕的职位卸给另一个小女孩。再见，那栋不可思议的由"一棵树盖成的"，供当年朝香客憩息的庙宇。再见，巴丹镇上从龙首形的通水管里窜出来的泉水。再见，那些头上长满了青草而身形美丽的庙宇。再见，那些老把我们看成日本人的小孩子。再见，那个缠着我要我买奶酪给他吃的小小朋友（下一次我去的时候该你买给我吃了）。再见，巴替岗镇上五叠塔形的财富之庙（塔下另有五阶），愿故事中那五种守卫永保神力，愿第一阶的石雕大力士守卫常保他二十倍于常人的膂力，而他背后第二阶梯上的大象，愿它永远保有二十倍于大力士的神力（依次排下去，真是对我数学能力的一项考验，象后复有鹰头狮身兽和女神，每层守卫累增二十倍的威力，到第五层的天将已具三百二十万"人力"了，财富之神的庙，宜乎守备如此森严；不过另外一说是每层累增十倍）。愿每一层守卫都恪尽职守，善持天财。再见，愿加德满都市集上的万千鸽子群无恙。再见，那些曾使我们觉得天地虽大，却无所逃于其纠缠的小贩，我梦里都会记得"马当（女士）马当，我给你好价钱……"的口诀。再见，街上漂亮的军人（希望子弹能懂风情，不要伤了那么富魅力的眼睛）。再见，那山径上看来挺有福气的喜马拉雅山种的大耳垂垂的羊。再见，旅馆中学会中文“谢谢”的侍者。再见，我曾胡说八道认为将来会属于我的小土屋……

再见，再见，“拉玛斯泰！”

我们会再来串门子，像中国人分手时喜欢说的那句话：

“再过来坐坐啊！”

模糊的激情里，尼泊尔，千荷的故乡啊，说不分明我们爱上了什么，但至少，我们爱上了我们的一段慎重的爱。

到山中去

图书在版编目（CIP）数据

到山中去 / 张晓风著 ；徐学选编. -- 武汉 ：长江文艺出版社，2021.8
ISBN 978-7-5702-0641-4

Ⅰ. ①到… Ⅱ. ①张… ②徐… Ⅲ. ①散文集—中国—当代 Ⅳ. ①I267

中国版本图书馆 CIP 数据核字(2018)第 232892 号

到山中去
DAO SHANZHONG QU

责任编辑：孙　琳　　责任校对：毛　娟
封面设计：壹　诺　　责任印制：邱　莉　杨　帆

出版：长江出版传媒 | 长江文艺出版社
地址：武汉市雄楚大街 268 号　　邮编：430070
发行：长江文艺出版社
http://www.cjlap.com
印刷：湖北金港彩印有限公司

开本：880 毫米×1280 毫米　1/32　印张：7.25　插页：2 页
版次：2021 年 8 月第 1 版　2021 年 8 月第 1 次印刷
字数：171 千字

定价：39.80 元